孙仲父　著

仰望东坡

流沙河题

四川大学出版社

责任编辑:曾　鑫
责任校对:熊　盈
封面设计:墨创文化
责任印制:王　炜

图书在版编目(CIP)数据

仰望东坡 / 孙仲父著. —成都：四川大学出版社，
2018.6（2023.9重印）
ISBN 978-7-5690-1908-7

Ⅰ.①仰…　Ⅱ.①孙…　Ⅲ.①诗词-作品集-中国-
当代　Ⅳ.①I227

中国版本图书馆 CIP 数据核字（2018）第 117118 号

书名　**仰望东坡**

著　　者	孙仲父	
出　　版	四川大学出版社	
地　　址	成都市一环路南一段 24 号 (610065)	
发　　行	四川大学出版社	
书　　号	ISBN 978-7-5690-1908-7	
印　　刷	永清县晔盛亚胶印有限公司	
成品尺寸	148 mm×210 mm	
印　　张	5.75	
字　　数	143 千字	
版　　次	2018 年 7 月第 1 版	
印　　次	2023 年 9 月第 2 次印刷	
定　　价	49.00 元	

◆读者邮购本书,请与本社发行科联系。
电话:(028)85408408/(028)85401670/
(028)85408023　邮政编码:610065
◆本社图书如有印装质量问题,请
寄回出版社调换。
◆网址:http://press.scu.edu.cn

序　一

刘小川

孙仲父先生嘱我为这本书作序，我拿不稳，却之又不恭。

孙先生多年研究北宋的丹棱诗人唐庚，我听说过，唐庚的诗未曾读过。近来陆续读了几十首，觉得他真是钱钟书先生形容的"苦吟派"，显现了其雄厚的功力，独到的审美眼光，广博的人生阅历。

眉山境内的古代诗人，诗作流传下来的不多，编辑成册的更少。孙仲父先生所著的《唐庚诗百首赏析》填补了一个空缺，为丹棱县，也为眉山市。

孙老自己是诗人，诗人看诗人自是不同，少了学究气，多呈生动活泼。窃以为孙老的一些诗篇足以比肩唐庚。举一首七律《游龙泉驿桃花沟》："周末倾城乘兴游，小车缓缓似蜗牛。几处山湾堆锦绣，一泓春水弄轻舟。阳坡烂漫临风笑，屋角横斜带粉羞。且共韶光留晚照，满川好景镜中收。"

眼下恰逢古代优秀文化重新登台亮相的好时光，孙老的《仰望东坡》，恰可配丹棱纪念黄庭坚的大雅堂。

丹棱小城风光，周遭般般入画，何尝逊色于成都龙泉驿？孙老长住蓉城，常回丹棱与诗朋酒友酬唱，网上发诗篇，知音有红颜。他一再提到的河南女诗人轻寒鬎鬎，忘年之交，云山阻不断。轻寒鬎鬎读孙老，一度烧坏煮饭锅。

题画，写景，咏物，唱和，诗人忙得不亦乐乎。随手一划，佳句蜂拥。

丹棱孙家原是诗书传家，不知与唐宋眉山的"孙氏书楼"有无关系。孙老的早年有过屈辱和艰辛，举家困顿，压抑，却不乏朴素小村的浓郁诗情。一家十几口常聚于土墙小院，祖母的悠长吟诵，叔叔们的川剧拖腔、娓娓道来的中国故事与外国小说，"随风潜入夜，润物细无声。"

丹棱城东那个叫白水碾的地方，曾经弥漫了多少诗意？激发了多少想象力、创造力？审美之眼的修炼，生活情趣的养成，对未来的坚定向往，白水碾孙家的家庭氛围播下了种子。生根，破土，绽放鲜艳花朵。

幼儿学童子功为什么重要？词语直入肌肤，直抵心灵，一辈子受用不尽，对身边一切美好之物保持细腻的敏感。唐庚苦吟觅佳句，孙老下笔一派天真。不是刻意学来的，是诗意绕过芳香的田野去找他，萦绕他的童年少年，浸润他的青年中年。说起祖母，含辛劳作的母亲，以及二叔、三叔、七叔，每个字都饱含深情。

古典诗词乃是古代优秀者深度生存的产物，今人与佳作的照面，越早越好。

悟得大师两三家，胜做网虫一亿年。

2017 年 8 月
于四川眉山之忘言斋

序 二

白马央卓

诗言志。

文学即人学，诗歌更是如此。离开她的社会功能性，诗歌就只有躲进象牙塔，自娱自乐了。故紧扣时代脉搏，关注国计民生，抒写家国情怀，传递正能量，是孙仲父先生诗集的主旋律。

香港回归，作者与国人一道扬眉吐气；申奥成功，诗人与山河一起载歌载舞。飞船上天，作者心驰神往；航母下海，诗人豪情满怀。汶川地震，他彻夜难眠；南海惊涛，他忧心难安。他为新时代而纵情讴歌，也为新气象而浓墨重彩……孙老梦笔生花，情思奔涌，风声雨声系家国，一枝一叶寄真情。

诗人时而穿越时空隧道，神交屈李杜苏，发远古之幽思，如《漫成九首》《闲情偶寄》；时而徜徉名山大川，饱览风光胜景，抒浩荡之胸襟，如《青岛吟》《日月潭》……

或即景抒怀，颂江山之壮丽；或托物言志，羡梅菊之高洁。时而纵论古今，若大河奔涌；时而娓娓絮语，似花落无声。整部诗集，题材和风格都呈现多元化。

"西岭堪吟雪，东坡偶作邻。""汉骨唐风和律煮，何妨两鬓惹繁霜。"这是孙仲父先生诗风的写照。孙老一生，沉浸在他的诗词王国里，用他特有的铿锵平仄、锦绣辞章，书写自己的诗意人生，感动自己也感染他人，我以为。

是为序。

二〇一八年四月书于成都

1

前　言

——西岭堪吟雪，东坡偶作邻

一卷编成，稍可慰心，风风雨雨七十载，往事却并不如烟。

我家本丹棱书香门第，世代诗书传家。曾祖父孙承业毕业于保定军校，参加过四川保路运动，后出任四川省第三军事法庭庭长。曾因在阆中收缴焚毁鸦片数十担而得罪当时的官僚，被迫辞官归隐乡里（事迹见县志）。到我出生时，家道早已中落，所谓"外面看来轰轰烈烈，内囊却已尽上来了"。土改后，举家发配农村，住过庙子、尼姑庵，几经辗转，始定居于县城东门五里之"白水碾"。自我记事起，每年青黄不接之际，祖母便颠着一双小脚，到处奔走，乞求亲朋故旧赊借。倘或某日没有着落，全家十几口便只有枯坐一室，唱《卧龙岗》（川剧名，旧时对挨饿的诙谐说法）。衣食无着，我的一个堂兄，两个堂弟都忍痛抱养给人家，唯我是长房长孙，父亲的独苗，父亲又随国民党陆军大学去了台湾，故祖母力排众议，将我留了下来。但即便如此，家里精神生活并不贫乏。每当夏日傍晚，母亲和父辈尚在田间劳作，我便陪着祖母在天井纳凉，心情好的时候，祖母便忘情地吟诵起古诗："慈母手中线，游子身上衣，谁言寸草心，报得三春晖。""大梦谁先觉，平生我自知。草堂春睡足，窗外日迟迟。"她那古代牧歌式的咏叹调，至今我还清晰记得。二叔邦熙的川戏总是唱得声情并茂，余音绕梁。三叔邦隽是同济大学高才生，因家庭影响解聘在家，他学识渊博而生性幽默，《鲁滨孙飘流记》《大人国小人国的故事》，往往把我带到充满异域风情的奇妙世界。七叔邦乃在县文教科工作，藏书甚丰，卧室和我仅一墙之隔。那时，饥肠辘辘的我是很难即刻入梦的，而隔壁一盏昏灯下七叔的吟咏更是声声入耳："三月三日天气新，长安水边多丽人。""归去来兮，田园将芜胡不归？……"抑扬顿挫的声调，优美动人的韵律，即刻抓住了我。于是，唐诗宋词，四大名著，便成了我的枕边爱物，看得我眼花缭乱，目不暇接，并从此与之结下不解之缘。现在回想起来，我几十年沉湎于古诗文而不能自拔，除了家学渊源，耳濡目染外，大约和七叔的影响也不无关系吧。

整个20世纪50年代，我们一大家人在祖母的操持下过得倒还安稳。四姑、五叔在县中教书，工资都须交出来补贴家用。母亲晚上到夜校教村民唱歌识字，闲暇时间，还经常教阿姑阿婶剪鞋样、织毛衣，颇受乡邻的同情和尊敬。

接下来是一段艰难的日子，祖母不到六十便辞世了，她苦心经营几十年的大家庭随之土崩瓦解。在后来的蹉跎岁月里，三叔终日郁郁寡欢；七叔也远走他乡；四姑被迫离异，独自抚育一双儿女，任教的学校也离县城愈来愈远；二叔生性旷达，白天历经磨难，晚上照样旁若无人地沉醉于他的川戏。劫后余生，凭着他深厚的书法功力，改革开放后，二叔成为丹棱书法界的名人，晚年倾力扶掖后进，培育子弟甚多。五叔子伟讷口少言，口不臧否人物，唯其如此，他躲过了历次风浪，得以全身而退。五叔写得一手好行书，也许，只有从他那恣肆奔放的字里行间，依稀能读出他胸中的块垒。

岁月不居，"树欲静而风不止"当此一卷编成，父辈都相继离我而去。"九原不可作"，回顾往昔，不胜唏嘘！

漫漫长夜里，作伴笔者的是一部劫后余生而纸面发黄的《唐诗三百首》（原先累累满架的"孙氏藏书"都因抄家而荡然无存了）。劳作之余，一盏昏灯，只有它能给我一丝心灵的慰藉，借以疗治内心的苦痛。有时也尝试写一些应景的新诗，偶尔也在县级刊物上露露脸。集中现存第一首词《菩萨蛮·为青年突击队作》即写于那个年代："短辫蝴蝶舞，胳膊汗如雨。雨露育胞胎，山花烂漫开。"虽然已经懂得用形象表情达意，但明显打上那个时代的烙印。20世纪80年代初，笔者担任丹棱台胞台属联谊会会长，每年岁尾年头，向台胞寄贺年卡是必不可少的。台胞喜欢以诗赠答，寄乡梓亲情于短语片言之间，故这一时段的诗，与台胞唱和甚多，有时也难免落套。唯《七古·述怀兼寄吴学镇先生》堪称力作："噩耗飞来疑是梦，人成隔世空留憾。尽收书信埋箱底，手泽犹新人已矣。清明扫墓人如潮，自制纸钱隔海烧。……人言台北有我家，烟笼寒水月笼花。我有迷魂招不得，中夜对月空咨嗟。"即便是今天读来，仍感沉痛低回，寄意深致。这期间不乏对重大史实的评述，但大都直陈其事而略显粗疏。2003年提前退休，心境为这一变。《七古·退休小照》："晨起漫步绕半城，归来旭日林梢升。……临窗坐看白云起，神交太白与少陵。……疏影数枝趁诗兴，秋月春花自赏心。"则尽显悠闲自适。

　　世纪之交，古典诗词回暖，网络文化流行。笔者也在新浪网上办起了博客，并以"听雨轩主"的名义开始发表诗词。一时之间，以诗会友，相互赠答酬唱，俨然门庭若市。从2008年到2012年，短短的五年间，仅在新浪网发表诗词便达五百余首，成为笔者诗歌创作的一个小高峰。这期间，往往灵感一来，诗思如潮，各种词汇奔涌而来，任意驱使。或抒写性情，或抚时伤事，或叙景状物，或托物寄怀，题材和风格都呈现出多元化。"秦关日夜唱雄风，万里黄河水向东。斫取昆仑千载雪，春云和墨写初衷（《遣兴》）"，"自古男儿胆气高，千金肯买莫邪刀。夜阑卧听黄河吼，铁马秋风剑吐豪（《七绝·漫笔》）"，尽显雄迈超逸；"三径菊兰招雅客，五湖烟雨听春莺。常邀太白花间酌，偶学渊明邑外耕（《七律·咏怀》）"，"春风桃李开怀抱，野鹤闲六傍落霞。知命不忧秋染鬓，举杯时对月吟花（《七律·赠友人》）"，则潇洒俊逸，韵味横生；"青春有幸终磨剑，白雪无心竟染丝（《和一海粟"遥向风云觅小诗"》）"，"苍狗白云追往昔，黄昏疏雨滴梧桐（《七律·无题》）"，则蕴意丰富，寄托深远；"衣沾清露娇犹醉，蝶恋芳魂影自徊。弦月朦胧频入梦，情思缱绻合倾杯"，"宛转无声入户来，嫣然尚带浅红腮，飘零欲去心何忍，缱绻难分影独徊（《咏三角梅》两章）"，则体物传神，情韵生动；"青砖驳落藏名宅，瘦竹纤柔绕翠萝"，"永巷幽深吟古韵，乌篷摇曳听渔歌（《七律·周庄二首》）"，意境深邃而古色古香；"无边暮色愁云笼，你向潇湘我独眠（《七绝·送别九叔》）"，"石桥残破苍苔湿，冷雨敲窗滴到明（《七绝·记梦》）"，则凄清冷艳，极尽渲染。或含蓄隽永，回味悠长，如《临江仙·遣怀》中的"秋菊春兰香满径，庭园更种斯文。高山流水醉天真。披襟吟白雪，矫首望孤云"。《与友人游竹林寺》中的"古寺清钟音杳杳，禅堂佛味静绵绵。杜鹃声里归来晚，回首青山笼暮烟"。或胆气高张，激昂慷慨，如《偶成》中的"天山白雪三千仞，万里黄河腹内来"，《观电视剧〈中国远征军〉有感》的"雄师十万出滇南，不斩楼南终不还"。时而气势宏壮，意境开阔："千山遮不断，万壑望犹平，滩险凭鱼跃，潮宏听鼓鸣（《观潮》）。""大浪拍天飞碎玉，罡风拂面荡心凉（《成山头抒怀》）。"时而又纤秀婉约，小家碧玉："绿抱花亭水畔西，乳燕翻飞带沼泥（《醉白堤》）。""枝间翠鸟娇声唤，叶底寒蝉细语吟（《咏竹》）。""古渡孤舟系，秋山暮色寒。江枫凋欲尽，归雁入云天。"读来峭劲幽冷："霜风凋木叶，鸦影掠寒塘。莽野横秋草，疏林接大荒（《过秦岭》）"，则写尽寥廓苍茫。《新农村四时即景》俊朗明快，朴实而无华。《临江仙·中秋》《玉楼青·寄远》却又宛转低回，绵密而细腻。总之，一卷之中，风格各异，色彩斑斓，兼收并蓄，成岭成峰。

　　形象是诗的生命，意境是诗的灵魂，格律诗更是如此。要在短短的几十个字中表达丰富的内涵，营造优美的意境，除了深厚的驾驭语言的功力外，各种修辞手法的综合运用和表达方式的多样性尤为重要。而诗家之高下优劣亦正在于此。太白的"飞流直下三千尺，疑是银河落九天"，不仅画面生动如在目前，而想象之奇特，语言之豪迈更是前无古人，以至于文豪如苏轼，也不得不为之倾倒，惊叹道："帝遣银河一脉垂，古来唯有谪仙辞。"长吉之"女娲炼石补天处，石破天惊逗秋雨"，形容音乐的穿透力，竟使得天惊而石破，并逗引出阵阵秋雨，由音乐而联想到女娲补天，神异而奇诡，无怪乎千载人呼"鬼才"。义山的"沧海月明珠有泪，蓝田日暖玉生烟"，其朦胧之美，令人心驰神往，却又说不清道不明，一千个人有一千种解读，开中国朦胧诗之先河。自己虽才疏学浅，笔力不逮，但在这方面也作了积极探索，不敢稍有懈怠："寒月不圆心底梦，昏灯每照鬓边尘。"天上的月是圆的，但心底的梦却始终不圆，寥寥七字，写尽现实与梦想的落差，言简而意丰。"青春有幸终磨剑，白雪无心竟染丝。"上句追忆昔年，化用贾岛"十年磨一剑"之成句，概述知青岁月对意志品质的磨砺；下句直面当下，以白雪喻白发，慨叹岁月的流逝。上下句辞意跳跃，蕴含丰富。"谁知厚土终怜我，讵料春风肯作邻。"不说境况得以改善而曰春风居然肯作邻居，造意新颖，化腐朽为神奇，将无尽之想象留给读者，以收言有尽而意无穷之效果。"郁郁梧桐百鸟巢，啼莺自在最高梢。"兼用象征、比喻，寓诗家追求之美妙境界于触手可及的形象之中。"别墅吟云锦缎遮，小车潇洒入农家。"不说楼房高耸，而曰"别墅吟云"，赋楼房以人格化，情韵立见；不说彩云缭绕而曰"锦缎遮"，则用借喻而不露痕迹，明写新农村的变化，而喜悦之情则溢于笔端。"浓墨砌成青玉案，闲身量出满庭芳。"以词牌名巧喻眼前之景；"宋韵唐风和律煮，何妨两鬓惹繁霜。""和律煮"巧喻写诗过程，繁霜喻白发，一个"煮"、一个"惹"，化直白为形象，情态可掬。杜甫的名句"吟安一个字，拈断数茎须""为人性僻耽佳句，语不惊人死不休"，正是诗家甘苦之谈，也是笔者四十年来刻意追求的境界。

改革开放以来，国门洞开。新科技、新理念一涌而来，各种西方不良的污垢、蝇蚊亦随之而入。这类诗歌，大多字面直白，锋芒毕露，往往尖刻有余而蕴意不足。笔者的讽谕诗则取向不同，写法上尽量采用曲笔，力求寓辛辣于平和婉曲之中，以收"无一贬词而情伪毕露（鲁迅《中国小说史略》）"之效果。如《漫成四首》之一："新摘名楼几树花"更是蕴意深刻而耐人寻味。《七绝·无题》："才罢足疗换水疗，桑拿浴后日头高。祖坟幸有弯弯木，一片浓阴蔽尔曹。"前两句列举现象而不置评述，末两句故意宕开一笔，"幸有"二字，戏谑中见锋芒，意味深长。诗中以习近平总书记的反腐为首，对极少数腐败分子也做了鞭挞。《年关偶感》："茅台醇厚五粮粘，满目琳琅色味兼。醉卧柔乡鸳梦美，明朝端坐仍倡廉。"前三句极力铺写场面而不置褒贬，末句一语道破天机，令人喷饭。《咏螃蟹》："我愿阳湖多产仔，横行天下好风光。"借螃蟹的横行喻腐败分子的肆无忌惮，恣意妄为，言简而意赅。《赠房叔》："何如买尽加州岛，夜夜安眠美梦长。"则寓辛辣于调侃之中，读来诙谐有味。这类诗，在我的诗集中，亦不在少数。今天读来，或许仍有一定的现实意义。

这一时段的抒情诗中，我比较偏爱的是以下三组诗。一是步韵往事如烟兄《读陆游沈园题壁钗头凤寄感》三首："锦阁闲池留永恨，西风瘦柳剪愁眉，依稀梦锁千年壁，寂寞园荒七尺碑。桥下清波流万古，惊鸿一逝缈难追。""锦瑟生尘弦泣怨，黄滕凝血泪盈樽。忍将玉魄眠青冢，空对寒鸦唱晓昏。""楼空人去思钗凤，雨冷风狂折紫鹃。一曲沉园成绝唱，凭栏谁不泪潸然！"陆游与唐琬的悲情故事，本身自有其震撼人心的力量，再加上如烟兄原韵声情并茂，引起我极大的共鸣，故一气吟来，情真意挚，各种意象，纷至沓来，与千载前陆唐的诗意浑然契合，营造出冷艳而凄美的意境，寄托对陆游、唐琬悲剧的深切同情。二是《韵和夏日骏马辘轳体"一肩风雨任西东"》五首："一肩风雨任西东，放眼登高向九穹。……仙音海魄来天外，神女巫山入梦中。""潇湘有泪啼寒月，锦瑟无缘叹落红。如烟往事思犹昨，回首蓬山一万重。""吟成白雪邀闲月，赏罢幽兰对酒盅。极目南畴思欲举，红霞万道耀葱茏。""丹桂芳香吟不断，荷塘翠盖碧无穷，且共莲心同醉月，一肩风雨任西东。"五首诗，以"一肩风雨任西东"作为贯穿首尾的脉络，分别以"远望""回眸""春光""夏景""秋情"为题，既各自独立，又相互呼应，以形成一个整体，写法上极似工部《咏怀古迹五首》。三是《冬日闲吟》三十韵，整组诗虽全属抒写性情，无关宏旨，但风格含蓄隽永，尽显闲情逸致，淡远从容，极像宋明两代的文人小品："万木萧疏冻笛吹，满园风雨暮云垂。故人煮酒羔羊美，共醉高楼赋小诗。""红梅雪里映疏窗，独立栏杆伴影双。且向云山舒望眼，又随鸿鹄渡清江。""一卷诗书幸未焚，偶从纸上读氤氲。他年若得书虫蠹，半作尘埃半作芬。""午睡觉来户未扃，渊明读罢赋《云停》。宁将纸上千行字，换得肩头两鬓星。"细细吟来，冲淡平和中自然流淌出书卷之气，为我所偏爱。

要而言之，这一时期的诗，题材无所不包。大到国际风云，国计民生；小到闲花野草，凡人琐事，无不入诗。倘若借用集中的两联诗来概括，则"洛桥塔影秦宫月，渭水潼关汉苑台。清风万顷涛声壮，翠嶂千重碧浪绵"，庶几近之矣。

2013 年后，国际国内态势发生极大变化。一方面是国民经济突飞猛进，中国一跃而为世界第二经济体，飞船上天，航母下海，"一带一路"扬帆启航，国人扬眉吐气；另一方面，改革进入深水区，各种矛盾愈见交织，国际局势更是风云诡谲，东海、台海、南海再生波澜……"位卑未敢忘忧国""万家忧乐在心头"，这一时段的诗也逐渐转入内敛期，格调也由过去的明艳俊朗一变而为沉郁深婉。原先吟风咏月的闲情逸致渐次消退，而一切总难以言述之情感，则统以"无题""感怀"来包孕沉淀。《癸巳无题》十五首，《癸巳春日感怀》四首，便是此种心情的写照："频惊钓岛风雷急，忍见南沙黑浪狂。树树春莺吟秀色，声声杜宇诉民殇。""奶牛有泪啼寒月，恶水无声扼秀芽。派对狂欢终有度，沉冤幸雪已无家。"忧患交织，读来压抑。好友一海粟曾评述为忧怀深广，而我却唯愿是杞人忧天。甲午年更是一个敏感年份，120年前的那场战争更是让人心情沉重得难以释怀，故《甲午无题》便应势而生。七古《甲午吟》更成为这一年的凝重之作："风云甲午势仓黄，北洋一战成国殇。……青天白日照共和，镰刀斧头揭竿起。"诗从甲午战争发端，再到辛亥革命、中华人民共和国成立的简要回顾；"重逢甲午国多艰"以下转入对国际国内局势的铺写，国外敌对势力的虎视眈眈，国内腐败分子的负隅顽抗，光怪陆离的社会乱象，可谓涵盖深广；末尾以习主席的新政结笔，全诗六十四句，内容繁富而寄意深远，给人以一种史诗般的时空穿越感，是笔者的呕心之作。

家父自1948年去台湾后，海峡一湾浅水，便将我一家人生生阻隔，直到1986年父亲抱恨辞世，骨肉分离的苦痛便成了我挥之不去的煎熬。这在我诗中时有反映。2012年胞妹终于返归故里，隔年，我也得以赴台北扫墓。凤愿终偿，欣悲交集，我写下了《玉蝴蝶·中秋寄台北淑文淑琳胞妹》《清明五指山扫墓》："乍相迎，两相拥抱，泪洒如倾。……祖宅凄凉，空留烟雨锁萦萦。望明朝，举杯共勉，伤往昔，欲诉无声。待来春，同登五指，共祭严亲。""翠柏有心环拱墓，红鹃无语泣斜阳。满斟离恨三杯酒，尽诉忧思百结肠。明烛纸钱和泪祭，年年今日永相望！"

这些诗句，完全从肺腑中流淌出来，不须雕饰，自有感人的力量。

笔调如此之沉重，何以笔名又以"听雨"冠之，故不得赘言几句，以明我对听雨之体味。

古往今来，大凡诗人，对雨总有一番独到的感悟。雨大、雨小、雨疏、雨骤，或葱茏，或淡雅，或悠散，或苍茫，自成一道风景。"随风潜入夜，润物细无声。"令人感受到诗圣杜甫的博大胸襟。同是春雨，"帘外雨潺潺，春意阑珊。罗衾不耐五更寒。"却只能让人看到一位亡国之君的哀怨与惆怅。秋雨，易安居士写得最多，"梧桐更兼细雨，到黄昏，点点滴滴。"把雨中的愁肠百结摹写到极致；而在一生渴望"九州同"的陆放翁笔下，表现出来的却是"夜阑卧听风吹雨，铁马冰河入梦来"这样一种战士的悲壮情怀。"夜雨剪春韭"，清新扑面而来；"春水碧于天，画船听雨眠"却分明透露出恬淡和闲适。李商隐的"秋阴不散霜飞晚，留得枯荷听雨声"，更以其意境悠远、匠心独运而成为历代听雨之绝唱。

而雨之于我，更是"别有一番滋味在心头"。童年时代，冬春之交，上学途中，一旦下雨，单衣赤足，蹒跚泥泞，苦不堪言。青年时期，夏秋之际，雷电交加，风雨如啸，屡屡眼睁睁看着屋顶茅草被狂风席卷而去，却只能在心底苦吟一曲无韵的《茅屋为秋风所破歌》。邓公复出，雨露初沾，心境为之一变，对雨却反觉格外亲切。雨中撑伞穿越小巷，听虫鸣和斜风细雨编织的轻歌；雨后看小河泛漪，春莺剪水，无不令人清心爽目。迁入新居后，屋后正好有一方泥土。底楼主人雅爱绿色，广植葵蒲。几年功夫，竟长得枝繁叶茂，绿意怡人。有时临窗而坐，雨不期而至，诗意顿生：春雨淅沥，如老蚕嚼叶，令人心驰神往；夏雨滂沱，似血战昆阳，使人奋然欲起；秋雨断续，又仿佛琵琶幽怨，让人遐想万千……悠然听雨，因雨而情生，遂名书斋曰"听雨

9

轩"矣。

谚云"家有敝帚，享之千金"，然"丑媳妇终归要见公婆"。当此付梓，唯倍感诚惶焉！

诗海无涯，人生有限。路漫漫其修远，在有限的生命里，自当扬鞭奋蹄，以不负众诗友的厚爱。

丙申孟冬蜀之鄙　孙仲父
书于听雨轩

目　录

诗

一、岁月留痕：沧海几番鱼蚌绝
尘寰数度虎狼横

七绝·咏梅
1975 年 11 月

一树寒梅墙角开，枝枝向上竞争妍。
任由雪剑霜刀割，不肯低头顾艾兰。

七绝·自题小像
1976 年 4 月

春光过尽任由之，长夜悄吟李杜诗。
可叹盛年头染雪，凄风冷雨月迷离。

五绝·春日感怀

1977 年 3 月

年前刚粉碎了"四人帮",潜意识感觉会有变化。故字里行间洋溢喜悦之情也。

夜梦留余影,晨窗映绿枝。

橙花飞似雪,拂乱一枰棋。

七律·五十自嘲

1996 年 8 月

知命之年,人生亦渐入佳境。追忆昔年,感赋。

流光五十等闲度,回首当年怅逝波。

每向穷途伤落寞,聊将岁月付蹉跎。

孤灯长夜凄凄雨,茅屋秋风戚戚歌。

涸辙幸逢清露降,春来老干著花多。

七律·六十初度

2006 年 9 月

从兹告别点卯上班,纵情山水,快哉!

韶光一逝迹难寻,白发悄然换鬓青。

沧海几番鱼蚌绝,尘寰数度虎狼横。

随心桃李篱边种,漫兴诗书格外馨。

忧患饱经迁叟在,梅花岁晚弄新晴。

七绝·记梦

2007 年 10 月

梦中与文妹相会于荒郊垄原之上，醒来时，时钟正指五点，窗外疏雨敲打在雨棚上，再不能入睡，遂成一绝。用新韵。

寂寂郊原笼暮云，寒鸦绕树噪荒村。

石桥残破苍苔湿，冷雨敲窗滴到明。

七古·忆梦寄台北淑文胞妹

1987 年 9 月

家父 1986 年在台北逝世，因于当时情势，无法去祭拜。因思成梦，复原梦中情景，以记当时之心境。

云遮雾绕路迢迢，万里风烟入梦遥。

阿里巍巍霜雪冷，月潭寂寂芰荷凋。

情牵五指思黄鹤，水奏哀声过板桥。

残月半轮孤影瘦，坟茔一垒笛音寥。

愁肠百叠抚犹剧，离恨千重理更憔。

骨肉相拥悲复喜，晨钟急促破寒宵。

惟将梦境诉枯笔，泪下潸然似水浇。

注：五指，台北五指山，父亲墓地在此。板桥，台北县板桥市，胞妹住所。

二、琴心剑胆：天山白雪三千仞 万里黄河腹内来

七绝二首

2009 年 8 月

唐风浩荡宋诗寒，雪岭长河涌舌端。
吟罢秋声无倦意，披衣夜半看星阑。

二

桃花唱罢芰荷残，秋雨春风上墨端。
血铸诗魂心未老，玲珑醉月独凭阑。

七绝·遣兴

2009 年 9 月

秦关日夜唱雄风，万里黄河水向东。
斫取昆仑千载雪，春云和墨写初衷。

七绝·题天涯比邻书法条幅二首

2009 年 10 月

一

八尺徽宣泼墨浓，呵成一气唱雄风。
黄山绝顶苍松劲，旭日长河浩荡东。

二

笔舞龙蛇墨韵香，淋漓酣畅势汪洋。
浑然造化庐山秀，俊逸风姿继晋唐。

注：天涯比邻，书法家，新浪网友。

七律·答友人

2009 年 11 月

自有闲情胜昔时，友朋三五不相疑。
常将卮酒邀明月，每对花丛赋小诗。
百里家山催我老，十围衰柳独君知。
闻鸡空有凌云志，踏雪寻梅尚未迟。

注：十围衰柳：桓温北伐，见昔年所植柳树已合围，慨然叹
曰："木犹如此，人何以堪！"又庾信《枯树赋》："昔年种柳，依
依汉南；今看摇落，凄怆江潭；树犹如此，人何以堪！"此处以
衰柳自况也。

七律·韵和夏日骏马辘轳体 "一肩风雨任西东"五首（新韵）

2010 年 1 月

一、远望

一肩风雨任西东，放眼登高向九穹。
凤越三湘思浩缈，云开五岭尽葱茏。
仙音海魄来天外，神女巫山入梦中。
回首依然诗两卷，高吟柳絮自从容。

二、回眸

淡淡愁思薄雾中，一肩风雨任西东。
潇湘有泪啼寒月，锦瑟无缘叹落红。
曲涧梨花行看尽，琐窗春梦转成空。
如烟往事思犹昨，回首蓬山几万重！

三、春光

桃花烂烂绚晴空，百里春山展俏容。
卅载江湖知冷暖，一肩风雨任西东。
吟成白雪邀闲月，赏罢幽兰对酒盅。
极目南畴思欲举，红霞万道耀葱茏。

四、夏景

碧洗晴空绿意浓，枇杷照眼荡心胸。
层峰远卧含烟翠，乳燕低回剪醉红。
两句新词随意趣，一肩风雨任西东。
斜阳依旧千般好，缈缈征鸿万里程。

五、秋情

秋来万物换姿容，饮露餐霜序不同。

丹桂芳香吟不断，荷塘翠盖碧无穷。

飞鸾缱绻横波瘦，落叶飘零夕照红。

且共莲心同醉月，一肩风雨任西东。

注：夏日骏马，女，新浪诗友。

夏日骏马原韵

一、远望

一肩风雨任西东，静赏浮云向远穹。

玉露生寒思茂盛，晶霜绽亮念葱茏。

心间有梦扬文里，笔底无声赋韵中。

几许追求抒夙愿，回眸尘世也从容。

二、回眸

远眺山峰暮霭中，一肩风雨任西东。

青春似火摇新绿，岁月无情曳落红。

笑靥经年颜见老，寒窗十载梦成空。

心平淡雅宽怀畅，坦对沧桑万万重。

三、春光

春来雁舞戏晴空，阡陌馨香缀灿容。

几度寒凉凭岁月，一肩风雨任西东。

忍将寂寞交痴笔，且把喧哗付酒盅。

望远青山林展翠，祥光和煦映葱茏。

四、夏景

绿染群峰妙韵浓，青山滴翠豁心胸。
芳园蝶舞花凝露，玉宇云飞日映红。
两袖沧桑承左右，一肩风雨任西东。
光阴荏苒无情过，百味人生万里程。

五、秋情

霜侵菡萏改颜容，瘦影轻摇念藕同。
冷月枯莲歌不尽，深秋寒夜曲无穷。
染塘漫看枝失翠，烂沼谁怜体落红。
暂把芳心留片梦，一肩风雨任西东。

七律·春日寄怀

2010 年 3 月

梨花岭上织烟霞，远嶂难将锦缎遮。
垂柳无心梳绿韵，东风着意发新华。
频邀朗月兰亭醉，且放歌喉浊酒赊。
共泛轻舟山水约，又随春色入农家。

七绝·闲吟漫笔

2010 年 6 月

自古男儿胆气高，千金肯买莫邪刀。
夜阑卧听黄河吼，铁马秋风剑吐豪。

七绝·偶成

2010 年 8 月

丽句清辞妙笔裁，红梅芝紫傍云开。
天山白雪三千仞，万里黄河腹内来！

七绝·独酌

2010 年 10 月

葡萄犹自带新温，琥珀清光漾月痕。
且向瑶池赊玉液，芝兰佳蕙共香馨。

注：葡萄，指新酿之葡萄酒。琥珀，此处代酒杯。

七绝五首

2011 年 9 月

一

放眼昆仑万仞山，长河落日照边关。
挥毫泼出凌云志，不缚长鲸誓不还！

二

玉液生春斗十千，相逢何必认前缘。
淋漓不负婵娟意，骏马轻裘肯计钱？

三

重阳渐近月生凉，丛菊闲开绿间黄。
且向疏篱邀客饮，虫吟寂寂夜初长。

四

早岁飘零几祸灾，眉头只向故人开。
疏梅寂寞偏宜冷，兀自凌霜照眼来！

五

天意从来重晚晴，桐阴深处凤凰鸣。
心诗万缕随裁剪，载月桃源梦里行。

三、仰望东坡：笔扫绮罗唱大江 胸存万象势汪洋

眉山三苏祠谒东坡塑像

1986 年 9 月

博带峨冠面自温，风流儒雅大家名。
词开两宋绮罗尽，笔走龙蛇云水生。
赤壁雄文惊海内，《江城》小令见真情。
清风舞竹萦祠殿，似听坡翁吟放声。

七绝·漫成九首

2008 年 10 月

读屈李杜苏诸大家诗，心向往之，漫成一组，以就教于大方之家。

一、屈原

瀚漫奇瑰百代豪，芝兰嘉蕙格标高。
辉同日月齐天地，千载文宗独认骚。

二、陶潜

脱尽玄言晦涩开，田园韵致净涓埃。
孤松卧唱归来赋，笑晒南山酒一杯。

三、李白

庐峰瀑布昆仑雪，驱遣黄河天上来。
不尽诗情江海溢，雄豪万古谪仙才。

四、杜甫

洞庭垂暮一孤舟，辗转潼关泪不收，
写尽别离天地泣，名标诗史万家讴。

五、李贺

神游异域外星来，千载人人呼"鬼才"。
天妒英灵夭早岁，空留奇诡百年哀。

六、李商隐

倚马千言墨未浓，秋蝉饮露石榴红。
诗心苦铸蓝田玉，锦瑟繁弦月转胧。

七、苏轼

笔扫绮罗唱大江，胸存万象势汪洋。
中秋一曲垂千古，明月清风泛武昌。

八、陆游

钗头凤冷恨绵绵，铁马秋风大散关。
心系天山身越北，衰翁日日望中原。
注：陆游《诉衷情》："此身谁料，心在天山，身老沧州。"

九、龚自珍

塞防岌岌海防开，满目疮痍离雁哀。
十卷诗书和泪写，杜鹃泣血湿高台。

七绝·梦中读玉谿生无题诗，追忆其景象，漫成一绝

2008 年 10 月

丽句清辞蕴意浓，秋江落日岸枫红。
猿啼高峡霜痕冷，神女巫山月影胧。

七绝·自题小像

2009 年 7 月

文会迩来尽谈诗，碧荷秋水著花迟。
坡公地下如知我，应笑痴顽不入时。

七绝二首

一、海南

踏迹海南，追寻先贤遗踪，浮想联翩，赋此。
浩缈烟波落照斜，巍然海角即天涯。
棠花料是坡公种，犹自秋来映碧华。

二、黄山

苍松迎客傲崖前，信始天都石栈连。
云海蒸腾遮古寺，清钟缈缈越千年。

七律·游蟆颐观

2010 年 11 月

日前，应种豆翁之约赴蟆颐观作竟日之游。古木森然，时闻鸟语，诗兴大发，信口吟成一律。

玻璃江上縠纹平，古观千年境自清。

宇殿巍峨烟霭袅，老泉深邃绿苔菁。

先贤已远踪难觅，宋柏犹存枝欲横。

落日余晖山欲醉，遥听落叶绵还轻。

注：蟆颐观，在眉山市城东四公里许之蟆颐山上，因山形像蛤蟆而得名。该观建于唐开元间，迄今已有一千六百余年。玻璃江，环卫山脚的岷江，因水势平缓，江水湛蓝，故称"玻璃江"。老泉，即"老人泉"，相传苏洵婚后久无嗣，曾到蟆颐观求子，后遂有苏轼苏辙，后人为纪念此便修建了"老人泉"。宋柏，相传为苏洵手植。

七绝四首·咏丹棱先贤

2011 年 4 月

一、苏轼

宏辞浩荡大江东，乘月披风上九穹。

海魄天心随撷取，千秋翰墨数坡公。

二、唐庚

才思气韵逼东坡，骨峻风清笔意苛。

辗转蛮荒惟一笑，飘然山上泪滂沱。

三、李焘

雄文百卷笔如椽，三相一门七李贤。

龙鹄晴岚遗迹在，史家千载颂《长编》。

四、彭端淑

翰墨丰华蕴紫云，锦江古柏散氤氲。

堂前白鹤飞文藻，《为学》一篇天下闻。

注译：苏轼，出生地在今眉山市三苏乡，距丹棱县城不足十公里。唐庚，字子西，丹棱人，北宋文学家。人称"小东坡"。有《唐子西文集》传世。曾贬谪惠州六年，死后葬丹棱飘然山。李焘，南宋著名史学家，著有《续资治通鉴长编》。父子七人皆名重当时，时称"一门三相"。彭端淑，丹棱人，清代文学家，教育家。晚年主持成都锦江书院二十年，著有《白鹤堂文集》，其中《为学》一篇曾多次入选海内外教材。

闲情偶寄二首
2015 年 11 月

（一）

晨起踏芳径，花间鸟语亲。

木棉迷望眼，曲涧滤心尘。

西岭堪吟雪，东坡偶作邻。

夜来秋雨透，竹树翠还新。

注：木棉，即木芙蓉，小区花事甚繁，花呈红、粉、白三色。西岭，成都天气晴好时，登楼远眺，西岭雪山历历在目。即杜工部"窗含西岭千秋雪"之西岭。

（二）

书斋八尺伴心凉，午睡觉来幽兴长。

浓墨砌成青玉案，闲身量出满庭芳。

醉中邀月杯犹热，雪里寻梅衣尚香。

汉骨唐风和律煮，何妨两鬓惹繁霜。

七律·《大雅堂杜甫两川夔峡诗选》付梓感赋

2012 年 10 月

剑门烽火照边陲，夔峡风尘离恨催。

飘泊栖迟花溅泪，干戈阻绝鸟啼悲。

煌煌史笔千秋颂，浩浩宏篇万古垂。

掩卷沉吟思圣哲，杜陵烟雨湿残碑。

注：《大雅堂杜甫两川夔峡诗选》为笔者与友人合撰。

七律·《唐庚诗百首赏析》付梓感赋

2017 年 3 月

风骨重光大雅芒，坡门未及亦何妨。

孤高不肯随桃李，简淡真堪启陆张。

郊外最怜春雪秀，贬中独恋醉眠香。

十年一剑终磨就，掩卷萧然两鬓霜。

注：坡门未及，南宋大诗人刘克庄称赞唐庚："使及坡门，当不在秦晁之下。"郊外，指唐庚代表作《春日郊外》。

四、黄钟大吕：收拾人心归正道
耕耘雨露播春天

七绝·庆香港回归

1997 年 7 月

火树银花不夜天，紫荆怒放维多湾。
米旗黯淡收王气，重谱神州锦绣篇。

千禧之春有感兼呈倪老

2000 年 2 月

千年一纪铸新篇，春到江南秀色妍。
垂柳池边鸣翠羽，苍松天外弄晴岚。
梅开岭上千峰艳，凤立枝头百鸟喧。
莫道浮云遮望眼，举头即目是家山。

注：倪老，即倪淑川，四川丹棱人，时为台北市丹棱同乡会会长。其间听说我发起台联教育奖励基金，即在台北首倡募捐，大力襄助，对丹棱乡梓多有贡献。

按：此诗用新韵。

七律·观雅典奥运会有感

2004 年 8 月

电掣跨栏举世惊，国歌高奏荡人心。
神枪叱咤蝉三冠，跳板英姿掠五金。
蛙女碧池翻雪浪，亚男网上铸长城。
泰山极顶瞻零八，寰宇争衡待北京。

注：跨栏，我国优秀田径选手刘翔在 110 米跨栏决赛中一举击败众多欧美强手，勇摘桂冠，震惊世界田坛。蛙女，我国优秀游泳运动员罗雪娟勇夺百米蛙泳冠军捍卫了"女蛙王"称号。亚男，中国女排在先失两局的危急关头，发起绝地反击，最终击败俄罗斯队而摘桂，堪称本届奥运会经典。此役副攻手刘亚男发挥出色，俨然网上长城。

按：此诗用新韵。

七律·北京奥运会开幕式抒怀

2008 年 7 月

千年灿烂画图呈，四海精英聚北京。
圣火欢腾明笑脸，银花吐艳悦佳宾。
纪录翻新空奥史，和平共铸结同心。
百年期盼终圆梦，盛世中华正启程。

按：此诗用新韵。开幕式上有"笑脸"特写镜头，此处一语双关。

七绝·贺"神舟七号"发射升空

2008 年 9 月

直上苍穹问九天，星河瀚漫渡飞船，
太空注册于今始，猎猎红旗映婵娟。

七律·共和国六十华诞抒怀二首

2009 年 9 月

红旗璀璨庆新生，昂首东方赤县明。
改革卅年江海溢，腾飞两弹宇寰惊。
邓公伟绩昭星日，胡政亲和茂紫琼。
盛世欣逢迁叟在，铿锵鼙鼓壮征程。

二

一唱雄鸡惊宇宙，征帆欲发启灾殃。
屡兴劫难伤民本，独挽狂澜拨巨航。
卅载丰碑书锦绣，千山紫瑞郁芬芳。
宏图再绘新华夏，万里鲲鹏展翅翔！

七绝·悼沈浩二首
——读"爸爸，你别做贪官"有感
2010 年 1 月

安徽省凤阳县小岗村党委书记沈浩的办公桌上放着一张女儿的照片，背面有一行文字："爸爸，我爱你，你别做贪官。"这句大白话是沈浩离开省城去小岗村任职时，十岁的女儿写给他的。

19

如今，墨迹犹新，斯人已逝！感慨万端，遂成二绝。

一

"爸爸你别做贪官"，稚嫩清纯字字端。

读罢苍凉交百感，英灵今日可开颜？

二

血铸忠诚染杜鹃，植根小岗梦魂牵。

丰碑自在民心种，不尽哀思动昊天。

七律·虎年抒怀
2010 年 2 月

星移斗转换晴空，牛去虎来气势雄。

瑞雪晶莹妆锦绣，红霞璀璨绚苍穹。

和谐共建人心畅，盛世齐讴国运隆。

岭上梅花开正艳，神州浩荡唱东风。

七绝·向敦守信义、生死接力
送薪的孙氏兄弟致敬二首
2010 年 2 月

　　二月十日凌晨，高兰高速发生重大车辆追尾事故，牵出一段感天动地的故事。为抢在大雪封路前给已回武汉的农民工发工钱，建筑承包商孙水林冒雪连夜从天津开车赶回武汉，在河南兰考路段遭遇车祸，一家五口罹难。为替哥哥完成遗愿，弟弟孙东林不顾哥哥一家五口还躺在太平间里，赶在大年三十前一天将33.6 万元一分不少地发到60 多位农民工手中。孙氏兄弟带给人们的不仅是几十万元钱，而是比金钱更加珍贵且沉甸甸的一份诚信。

一

万里驱车为信义，千金一诺重于山。

魂归异域江河恸，寒雪千条作素笺。

二

"新年不欠旧年薪"朴实无华最感人。

兄死弟还无反顾，男儿今日看东林！

　　注：孙水林生前曾经常对弟弟讲"新年不欠旧年薪，今生不欠来生债"。（第二首诗用新韵）

七绝·世界杯决赛观后（外一首）

2010 年 7 月

巅峰对决气如虹，誓斩楼兰建殊功。

未果单刀终饮恨，亚军谁说不英雄？

赞斯内德

指挥若定疾如风，掌控中场第一功。

拔寨摧城豪气荡，归来举国颂英雄！

　　注：楼兰，李白"不斩楼兰终不还"，原指西域小国，这里指决赛对手。亚军，世界杯历史上荷兰队三次杀入决赛，三次铩羽而归，是真正的无冕之王，天意矣！斯内德，荷兰中场核心，率领荷兰队六战六捷，并以进五球并列射手榜首位，决赛中两次妙传形成单刀，惜队友未完成绝杀，再次饮恨屈居亚军。

五律·观潮

2010 年 7 月

昨夜雨声骤，今晨水势盈。
千山遮欲断，万壑望犹平。
滩险凭龙跃，潮宏听鼓鸣。
渔舟三两点，木叶往来轻。

五律·过秦岭

2010 年 9 月

关塞一何壮，岗峦万里长。
霜风凋木叶，鸦影掠寒塘。
莽野横秋草，疏林接大荒。
凭高徒怅望，极目暮云苍。

七绝·广州亚运会抒怀

2010 年 11 月

金塔蛮腰溢彩光，白云帆影忆汉唐。
心沙岛上欢声动，盛世中华又启航。

注：蛮腰，指玲珑纤秀、高耸入云的"小蛮腰"广州塔。白云帆影，指开幕式上令人叹为观止的一幕"白云之帆"。心沙岛，指开幕式主会场海心沙岛。

七绝·观电视剧《中国远征军》有感（二首）

2011 年 5 月

一

雄师十万气如山，不斩楼兰誓不还。

肝胆铸成民族脊，英名凛凛荡云天！

二

挥戈亮剑出滇南，铁骨钢魂胆气酣。

血染丛林眠异域，千秋永载好儿男！

七律·贺中国第一艘航空母舰瓦良格首航

2011 年 8 月

横空出世气如虹，势压三山五岳雄。

东海扬波惊宇内，长鲸击水啸英风。

挥戈不指扶桑犬，祭剑何须六甲虫。

圆梦百年终有待，弯弓挽月向苍穹！

注：六甲，指马六甲海峡。

七绝·白方礼赞

——感动中国年度人物十年之最

2012 年 2 月

卖房支教三轮老，风雨兼程十九年。

酷暑严霜凭丈量，仁心博爱大于天！

注：白方礼，又名白芳礼，农民。当他74岁回老家看到很多学龄儿童失学后，毅然卖掉老屋，捐出自己全部积蓄，开始了靠踩三轮车支教的漫漫长路。风雨兼程十九年，住黑屋，啃馒头，将踩三轮的血汗钱全部用于支教。救助学生无数，捐资建校，其事迹令国人汗颜。

七绝·读吴官正《闲来笔潭》有感

2013年6月

凛然正气一身清，看似无情最有情。
不恋高枝甘澹泊，口碑千载浮云轻。

七律·观《历史转折中的邓小平》怀邓公

2014年8月

抽丝拨乱教科先，独挽狂澜解倒悬。
收拾人心归正道，耕耘雨露播春天。
藩篱尽破千帆竞，彩笔新描万象妍。
莫以微瑕嗤美璧，其谁百载许挨肩！

七律·题抗战十大经典战役

2014年10月

誓扫倭奴百万兵，拼将血肉铸干城。
捐躯异域家山杳，埋骨荒丘冢草菁。
黄土窑中风月俏，台儿庄畔鬼神惊。
如簧巧舌欺天下，坐地收桃盗令名。

注：为配合盟军作战，十万远征军远赴缅甸与倭寇浴血奋战，其中八万英烈埋骨缅北丛林，"捐躯异域"即指此。

七律·观九·三北京大阅兵有感

2015 年 9 月

银鹰展翅啸英风，一洗埃尘万里空。
礼炮轰鸣方阵壮，军威浩荡战车雄。
重温史册思先烈，永砺湛卢向犬虫。
兆亿同仇谁敢敌，干城共铸百年功！

注：湛卢：中国古代十大名剑之首。湛，此处读"刊"。

七律·新时代感赋

2017 年 9 月

聚焦盛会约京宸，金蕊丛开万象新。
丝路重修张羽翼，宏图再绘展经论。
尽芟杂草山河壮，永铸丰碑海宇春。
放眼百年强国梦，征程更赖领航人。

七律·赞塞罕坝精神

2017 年 9 月

塞罕坝，位于河北省西部，金、辽时期被称为"千里松林"。后因掠夺性采伐，昔日的原始森林荡然无存，呈现"飞岛无栖地，黄沙蔽天日"的荒凉景象。1962 年，林业部在此建林场，经过三代人的努力，昔日的荒漠已建成 9.4 万顷林海，为中国北部最大的森林公园，京津冀天然屏障。

三代扎根不问年，拼将热血铸甘泉。
追沙漠野星长戴，逐梦青春骨永眠。
精卫至诚终止海，女娲矢志誓回天。
妆成锦绣如诗画，万顷松涛拥碧烟。

注：骨永眠，老一代林业工人，大都长眠于塞罕坝。

五、家国情怀：频惊钓岛风雷急
忍见南沙黑浪狂

读《陈毅诗词选集》感赋
1978 年 3 月

陈毅元帅文韬武略，儒雅风流，尤其是"文化大革命"中的高风亮节，凛然正气，令人景仰。在刚刚粉碎"四人帮"，文化荒芜的年代，能读到陈帅诗集，感触尤深。故不以粗陋，勉成一首，以缅怀陈帅。

铲除四害人心慰，掩卷犹然意不平。
功业辉煌谦不伐，雄辞激越掷有声。
险阻艰难卅载血，烽烟倥偬八千程。
梅花岭上诗三首，动地惊天泣鬼神。

悼张志新烈士四首（新韵）
1979 年夏

一

泪洒衣衫拂更零，一腔悲愤读《光明》。
神州自古多英烈，谁及今朝张志新。

二

坚持真理贵探寻，不惜捐躯卫党纯。
身陷囹圄心不改，情深一曲母亲恩。

三

从容昂首对屠铡，碧血黎明沃野坪。
喉断身亡魂不灭，春风拂处草青青。

四

松经雪压枝犹劲，梅傲霜欺香益清。
浩浩江流归大海，同心四化慰英灵。

注：张志新烈士事迹，最早刊载于《光明日报》。 喉断，张志新遇难前，"四人帮"的爪牙竟惨无人地道割断其喉管。

七绝·悼胡耀邦

1989 年 5 月

参天大木黯然摧，赤血殷殷动紫薇。
肃杀西风吹渭水，黄花满地雨霏霏。

七律·咏史

2007 年 11 月

诛天伐地灭蛇神，浩劫齐州几陆沉。
梅鹿入朝皆认马，嬴秦再世愧称臣。
千村寂落邻为鬼，万木萧疏不望春。
改革丰碑青史在，梓宫枯骨冷如冰。

注：齐州，即中国。李贺《梦天》："遥望齐州九点烟，一泓海水杯中泻。"梓宫，一作"梓棺"，李贺《苦昼短》："刘彻茂陵多滞骨，嬴政梓宫费鲍鱼。"

按：此诗用新韵。

七律·南方大雪灾有感

2008 年 3 月

大年三十，13 名唐山农民，毅然作别家人，自费租车日夜兼程赶赴郴州，主动请缨参加抢险救灾，与郴州人民共度缺水断电的日日夜夜，直到大年过后正月十七才离开郴州返家。其精神感动国人。

天公一夜布寒云，莽莽神州万里凝。

冻雨逞威摧电网，铁军砥柱破坚冰。

情牵京兆连宵旰，雪压湘黔见挚心。

最敬唐山真汉子，无言大爱满郴城。

注：宵旰，即"宵衣旰食"，天不亮就穿衣起床，天黑了才吃饭，形容勤于政务，夜以继日。郴城，指湖南郴州，为此次南方大雪灾中受灾最严重的地区。

十一届三中全会三十周年有感，兼怀总设计师邓小平

2008 年 11 月

逐鹿中原战事频，经纶在握国旗新。

沉浮不改见忠鲠，资社重评息论争。

指点浦东重领跑，催生南岭又回春。

辉同日月齐天地。再造中华第一人。

七律·汶川"5·12"地震周年祭

2009 年 5 月

乌云惨咽笼残垣，地裂天崩日月昏。
万里河山悲永逝，千秋浩气铸英魂。
兴邦自古唯多难，祭奠何曾只泪痕。
浴火重生腾远翅，巨龙昂首小昆仑。

注：千秋一语双关，指烈士谭千秋，也指千秋万代。小昆仑，"小"字用如动词，"小昆仑"即"以昆仑为小"。

七绝·送别九叔

2009 年 10 月

惜别亭台对月弦，衡阳一去路三千。
无边暮色愁云笼，你向潇湘我独眠。

七律·痛悼钱老

2009 年 11 月

巨星陨落鬼神愁，白雪悄然漫九州。
两弹丰碑辉日月，一腔赤血浩千秋。
等身著述堪为范，盖世勋劳罕匹俦。
此日苍天应泻泪，江河呜咽诉悲流。

七律·为云贵大旱作

2010 年 4 月

池塘坼裂稼禾干，赤日炎炎土欲燃。
斑竹凋零空有泪，旱魔肆虐绝无泉。
牵情京兆忧怀切，翘首农夫望眼穿。
安得倚天挥巨擘，银河倒转解民悬。

七律·全国哀悼日有怀

2010 年 4 月

汶川的伤口刚开始愈合，玉树大地震又把人拉回到撕心裂肺的记忆中，两千多鲜活的生命瞬间消失，美好家园转眼化为废墟。血浓于水，感同身受。当此国旗垂首，举国同悲之际，情何以堪！谨以此诗，祝亡灵天国平安。

红旗寂寂降京门，举国同哀悼逝魂。
白雪有情飞玉树，天公无语恸乾坤。
九州共忾昆仑矮，四海连心赤血温。
昂首废墟豪气荡，明朝又见美家园。

七绝·重有感

2010 年 9 月

宝剑匣中空有声，楼兰不斩气难平。
长鲸何日冲波起，一扫妖氛四海清！

七绝·祈雨

2010 年 6 月

去秋至今，云贵遭遇百年大旱，几百万人濒临绝境。昨晚云南喜降小雨，但旱象依然严峻。

旱云千里势峥嵘，鱼蚌哀鸣赤野横。

何日天公重抖擞，甘霖普降济苍生。

七绝·贺母亲九十华诞

2010 年 11 月

家父 1948 年去台，从此与家母劳燕分飞，天各一方。风风雨雨六十载，经历了几多磨难，几多艰辛！家父 1986 年在台北逝世，遂成终生遗憾！所幸者家母虽年届耄耋，至今仍身板硬朗，精神矍铄，思维清晰，此实长寿之征也！"天意怜幽草，人间重晚晴。"祝愿母亲再活五百年！

苍松劲瘦傲崖前，沐雨餐风老益坚。

凤集高梧歌锦绣，桐花万里霞满天。

七律·辛亥百年祭

2011 年 10 月

秋雨秋风国脉悬，瓜分豆剖睫眉煎。

武昌义帜垂千古，碧血黄花泣杜鹃。

转眼共和翻若梦，从兹民主缈如烟。

百年离乱终当尽，对酒长歌盼月圆。

七绝·收看辛亥百年纪念大会有感

2011 年 10 月

誓挽危澜不顾身，头颅抛处帝基沦。

千秋伟业重评说，永铸丰碑启后人。

七律·和楚江闲鹤《临屏记感》

2012 年 3 月

读楚江闲鹤君七律有句"走笔书生愿为石……击鼓何时汉壁前"，深为感动，依韵赋此以和之。

钓岛风云势欲燃，南沙炽焰更连绵。

鸡虫得志蛇吞象，鬼蜮喧嚣浪拍天。

养晦当年诚妙策，韬光今日费周旋。

书生走笔宁为石，尽扫妖氛敢向前！

注：楚江闲鹤，原名李裕华。湖北武汉人，新浪诗友。

楚江闲鹤君原玉

奚驾轻车古牒边？遗踪处处引流连。

关前霜草遮斜日，耳畔胡笳惊杜鹃。

走笔书生愿为石，叩壶侠士爱吟鞭。

而今海上来风雨，击鼓何时汉壁前？

七绝·无题

2012 年 3 月

嘉陵红浪泛江堤，鼓乐喧嚣动九霄。
欲上瑶台呼日月，恨无鲁匠铸天梯。

七绝·重有感

2012 年 6 月

扶桑日落起妖氛，鼓噪喧嚣聚阵蚊。
莫向苍龙披逆甲，狂飙一击化烟尘。

七律·无题

2013 年 4 月

绽尽新枝最上端，三春乍暖气犹寒。
风光最数浦江好，楼市偏宜富室盘。
济济英华开伟业，纷纷桃李庆弹冠。
百年期待中华梦，拭目从容细细看。

七律·癸巳春日感怀（一）

2013 年 3 月

换罢新桃日晷长，平芜极目水云苍。
频惊钓岛风雷急，忍见南沙黑浪狂。
树树春莺吟秀色，声声杜宇诉民殇。
不从根上除顽疾，满纸豪言空自忙。

七律·癸巳春日感怀（二）
2013 年 4 月

轻雷一夜动天涯，隐隐桃红望眼奢。
老凤清声仁陕粤，名媛丽质誉京华。
南巡伟业须坚护，北借强盟莫谩夸。
九曲黄河终入海，春风何日沐千家。

注：老凤，李商隐："桐花万里丹山路，雏凤清于老凤声。"

七律·甲午清明五指山祭父
2014 年 4 月

凄迟廿载愿初偿，一睹亲坟倍寂伤。
翠柏有心环拱墓，红鹃无语泣斜阳。
满斟离恨三杯酒，尽诉忧思百结肠。
明烛纸钱和泪祭，年年今日永相望！

七律·甲午感事之一
2014 年 10 月

燕语莺声入耳盲，闲花碧草费平章。
何郎已去和珅在，山雨欲来恶浪狂。
遍野浊流迷望眼，无边萧瑟暗河梁。
凭临莫续伤心赋，王粲登楼最断肠！

注：何郎，指东晋何曾。《晋书·何曾传》："何曾日食万钱，犹言无下箸处。"王粲，建安七子之首，其《登楼赋》极尽离乱悲哀之苦。

七律·闲情偶寄

2015 年 5 月

硝烟万里势峥嵘，四海风云恶浪横。
永忆阴霾笼广宇，何期柳暗转花明。
东君著意描春色，红雨随心伴暖莺。
欲借江郎华彩笔，尽裁锦绣入心声。

七律·观历史纪录片《冲天》感赋

2017 年 3 月

长空搏杀气如山，不斩倭奴誓不还。
肝胆铸成民族脊，千秋伟绩共云天。

六、心海放舟：惟有诗情堪慰老 春风桃李入襟怀

七律·九寨幽思

2002 年 7 月

好景从来出自然，六分奇水四分山。
池呈五彩流翡翠，沟转千岩奏雪湍。
浅濑镜磨眠锦羽，云杉拔地蔽重峦。
如渊海子唤幽梦，叠瀑惊疑小洞天。

注：九寨沟有五彩池，水面波光闪烁，呈五彩之色，而池底则深绿如翡翠。九寨沟多天然湖泊，当地人称"海子"，其中最大的一处海子，原为一大村寨，1932 年一夜之间突然沉没。

按：此诗用新韵。

七绝·深圳小梅沙即景

2003 年 10 月

海天涵浑墨云堆，万里惊涛拍岸来。
扑面飙风掀袂舞，扁舟几点带潮回。

七律·银厂沟避暑偶得

2006 年 9 月

连峰万仞迫云天，七月炎秋水亦寒。
翠墨千重翻碧浪，悬泉百迭泻心田。

迷离溪雨花枝重，变幻岩岚秀色妍。

盘海沱边憩古磴，不知何处是仙山。

按：此诗首联借邻韵。

注：盘海沱，在九峰山半腰，上有瀑布数迭飞泻直下。沱方可丈许，深达数米，水则清冽见底，游鱼数尾，历历可见。人坐沱边，但见峭壁森森，青藤袅袅，白云在天，飞鸟在侧，顿觉心闲意静，飘然欲举。

七绝·老峨秋色

2007 年 8 月

苍峰曲涧水悠悠，万木葱茏绿意流。

极目舍身崖上望，蒙蒙烟雨暗平畴。

注：老峨，山名，在丹棱县西六十里，四川风景名胜。

七律·三苏湖即景

2009 年 9 月

近日与南山种豆翁、毓辉、文国诸君偕游三苏湖，沧浪泛舟，尽览湖光山色。情不能已，赋此以记。

波光潋滟泛廊桥，鹭鸟悠闲下碧霄。

几处山花明翠黛，两湾秋韵激清箫。

峰前瓦脊炊烟淡，雨后斜阳秀色招。

一路棹歌飞短艇，疏钟禅院白云飘。

七律·答友人

2009 年 10 月

疏雨庭前慰落花，清秋迟日满天霞。

山巅红叶暗寒树，月下霜魂吐玉葩。

两句新诗消永夜，一帘幽梦到天涯。
重阳渐近风光好，桂子飘香乐万家。

七绝·生日抒怀

2009 年 10 月

今日午餐加两菜，桌上又满斟一杯红葡萄酒，初愕然，妻会意一笑，始知今日是生日。饭后趁微曛，遂成二绝。

一

六秩匆匆喜过三，秋翁鹤发自悠然。
高吟五柳篱边菊，小酌葡萄若遇仙。

二

壮岁峥嵘怅逝波，何曾青眼对娇娥。
心缘幸结梅姿影，一醉陶然且放歌。

七律·仲春踏青偶得

2010 年 4 月

梨花渐尽杏花残，一夜檐间醒杜鹃。
春水婵娟浮锦翅，晴空万里放筝鸢。
轻风有意吟新韵，曲涧无声淌细泉。
桔树丛中诗助酒，绿茵如被柳如烟。

注：檐间，指雨。东坡"东风知我欲山行，吹断檐间积雨声"。

七律·和隔水伊人《吟苑诗人雅聚》

2010 年 4 月

雨净亭台乳燕轻，远山如黛柳闻莺。
漫随桃李诗心漾，且伴红妆酒瓮倾。
枝卧横塘波写韵，花吟春水叶含情。
何当一醉邀明月，梦入桃源两岸行。

注：隔水伊人，女诗人，新浪网友。

七绝·过李庄

2010 年 5 月

万里长江第一庄，奎星阁上望汪洋。
我来不见林梁迹，瓦舍斜阳老巷长。

注：林梁，指林徽因、梁思成，抗战期间，曾长住李庄。

七绝·青岛吟二首

2010 年 6 月

一、"小青岛"抒怀

天外移来海上栽，嫩寒锁梦浸苍苔。
晴空浩缈思鸿鹄，静听狂飙拍岸来。

二、登北岭森林公园远眺

绿云笪翠蔽重峦，曲径蜿蜒五百旋。
绝顶巍然如壁立，危楼尽处海连天。

七律·老峨抒怀

2010 年 6 月

日前，应诗书画社克方先生之邀，与泽仙、素庵、正彬诸君重上老峨山，作竟日之游。当日中午，山上喜降阵雨，气势磅礴，下午两点许，雨渐住。同仁皆欣然沐雨下山，至山脚雨停，俄顷竟又红日朗照，景象殊为壮观。

银杏千年造化功，层峦耸翠尽葱茏。
仙风滤暑凡心净，秀色迷人瑞气融。
佛国梵音凝太古，奇峰金顶傲苍穹。
归途雨住莺声脆，回首西天一抹红。

七绝·梦游澄怀湖

扁舟放棹兴悠然，载月随波访瀑泉。
翠嶂如屏山似画，清风十里自翩翩。
注：澄怀湖，在老峨山麓，为老峨山著名景点。

七律·贺《梧桐花》创刊（二首）

2010 年 9 月

一

放眼亭亭一望葱，依稀忆得未央宫。
仙根盘曲通幽域，翠盖雍容荡海风。
花映延河流锦绣，蝉吟高树动苍穹。
梧桐凤鸟三秦集，盛世齐歌墨韵融。

二

万里相逢酒一杯，葡萄掩映浅红腮。
洛桥塔影秦宫月，渭水潼关汉苑台。
秋日迟迟云雁远，桐花灼灼眼中开。
兰亭今夕群英会，古木浓阴浸碧苔。

七绝·冬日随吟（三十韵）

2011年1月

冬日随吟三十韵，虽属闭门造车，凑韵之作，有无病呻吟之嫌，无非吟风咏月，附庸风雅；然因韵脚的不同，风格亦迥异。或豪放，或淡远，或洒脱，或隽永，也有真情流露。谚云："家有敝帚，享之千金。"故不以陋劣割舍也。

上平声

一东

梦向江南东复东，扁舟载月入飞红。
觉来衫袖香痕在，窗外寒蛩唱朔风。

二冬

饭后郊原意兴浓，村边小饮自从容。
葱茏果木融和日，天意今冬眷老农。

三江

红梅雪里映疏窗，独立栏杆伴影双。
且向云山舒望眼，又随鸿鹄渡清江。

四支

万木萧疏冻笛吹，满园风雨暮云垂。
故人煮酒羔羊美，共醉高楼赋小诗。

五微

风物弥来日渐非，故园桑梓久相违。
竹篱小径依稀在，不见檐间燕子飞。

六鱼

闲敲棋子漫翻书，长铗归来食有鱼。
午后郊原迟日暖，悠然安步绝胜车。

七虞

宣徽六尺任鸦涂。信步归来对玉壶。
一醉陶然忘物我，轻风缓送入菰蒲。

八齐

开轩但见冻云低，寂寂寒山望眼迷。
小雪围炉思欲饮，故人犹在老城西。

九佳

离愁淡淡向天涯，机遇平生与命乖。
惟有诗情堪慰老，春风桃李入襟怀。

十灰

漫天飞雪舞疏梅，万里寒云冻不开。
忽有霜禽啼户外，春风明日访阳台。

十一真

书斋独坐自逡巡，欲赋高唐恨墨贫。

幸有红梅舒倦眼，隔窗相慰最堪亲。

注：高唐，宋玉曾有《高唐赋》，这里泛指诗词。

十二文

一卷残编幸未焚，偶从纸上读氤氲。

他年若得书虫蠹，半作尘埃半作芬。

十三元

丰年户户足鸡豚，中表相逢酒一樽。

两鬓微霜情不改，归来月影上衣痕。

十四寒

满川风雨独凭栏，遥望棱崖色正丹。

寄语台湾吴学长，故园芳草最堪看！

注：棱崖，丹棱城北有危崖，"其色如丹，其形如棱"，丹棱县因是得名。

十五删

当年一别阻关山，六纪风云去不还。

怅望南天空有恨，悲心夜夜泪如潸！

下平声

一先

买菜何须计小钱，龙钟老叟实堪怜。

冲霜冒雪街边立，农户于今不种田！

二萧

早踏霜痕过小桥，亭寒水瘦玉兰凋。
东村嫁女炊烟紧，唢呐声声破寂寥。

三肴

郁郁梧桐百鸟巢，啼莺自在最高梢。
声声好语分平仄，留待诗人细细敲。

四豪

连天飞雪压临洮，过脸霜风割似刀。
旷野茫茫迷小径，长河寂寂隐波涛。

五歌

疏枝绰约漾清波，月泻横塘桂影娑。
今夜雪中吟柳絮，明朝携侣上岷峨。

六麻

谁家屋后一枝斜，独向严霜吐玉葩。
瘦骨仙心姿影绝，临风卓立唱清嘉。

七阳

丹雅茶楼墨韵香，名家荟萃共琳琅。
挥毫且对秦时月，万里云山入画长。

八庚

壮岁峥嵘险象横，晚来惟对白鸥盟。
清风明月频邀我，把盏还将玉液倾。

九青

午睡觉来户未扃，渊明读罢赋云停。

宁将纸上千行字，换得肩头两鬓星。

注：云停，晋陶渊明有《云停赋》。此处泛指诗词。

十蒸

蓬瀛三岛海天澄，欲驭鲲鹏恨不胜。

莫道云山遮望眼，只缘未达最高层。

十一尤

花自飘零水自流，白云舒卷任悠悠。

清溪载酒邀明月，饮罢归来树系舟。

十二侵

冬日寻芳入上林，梅花点点闹霜禽。

雪尽风柔人气暖，琴声袅袅助开襟。

注：上林，汉武帝有上林苑。此处泛指园林。

十三覃

平生兴味水云涵，偶有诗成谁与谈？

老友近来惟好静，晨兴种豆乐山南。

十四盐

二月新风润物潜，诗家格律自森严。

方塘活水朝朝入，秋月春花信手拈。

十五咸

一粒笺书青鸟衔，捎来字字用心嵌。
云山万里人何处？极目清江望远帆。

七绝·澄怀湖放舟

2011 年 5 月

桂棹悠然听水流，清波万顷送兰舟。
一声欸乃沙堤远，恍入桃源梦里游。

七绝·偶成二首

2011 年 7 月

一

墨淌清泉笔运神，江南烟柳芰荷新。
赊来月色和诗煮，一醉陶然谢俗人。

二

读破千家若有神，春光满眼四时新。
天心海魄凭裁剪，俯仰随心不愧人！

七律·秋日寄怀

2011 年 8 月

晴空澹远菊花天，桂影分明月又圆。
万树红枫幽梦里，满园生趣琐窗前。

偶随佳兴催兰棹，且伴荷香弄管弦。
自有诗心磨不灭，乘风直上白云边。

七律·老峨山庄避暑偶得

2011 年 8 月

独傍青山起小楼，含烟抱翠碧空浮。
松风小弄窗前影，曲水轻吟岭外秋。
赏罢圆荷无睡意，敲残棋子净心愁。
一船明月诚邀我，且伴蛙声梦里游。

七律·寄友

水绕回廊气转凉，琴心一曲未能忘。
清秋皓月花如醉，彩笔新题韵亦香。
幽梦几时归寂寞，扁舟何日共徜徉。
衡阳雁去无消息，独把银樽望旧乡。

七绝二首·雨中游梅湾湖

2013 年 3 月

一

蒙蒙烟雨湿苍苔，路到穷时水面开。
夹岸桃花堆锦绣，青峰如黛逆舟来。

二

层峦九叠路逶迤，岩畔人家上午炊。
信是山深春讯晚，梨花未雪杏花迟。

注：上，形容炊烟袅袅直上之态势。

七律·日月潭

2014 年 4 月

帝遣瑶池一段茵，群峰怀抱绿无垠。

神姿仙韵纤难染，似梦如诗境自珍。

艇破琉璃分碧玉，风含芝瑞送氤氲。

恍然世外真忘我，绝胜西湖四月春。

注：芝瑞，即灵芝，日月潭周边山寨，以盛产灵芝享誉中外。

七律·瓦屋吟

2015 年 8 月

瓦屋山，避暑胜地，在川西洪雅县境内。七月底八月初与种豆翁、夏叶、力钧等好友在此间消夏，兴之所至，偶成一律。

晴岚潋潋笼青峦，瓦屋遥瞻挂瀑泉。

细径偶从崖畔出，民居常伴白云眠。

乍惊飞艇分秋韵，顿涌诗情赋锦笺。

吟罢归来新雨透，竹楼高卧听啼鹃。

七律·题老秦、志萍"杏缘居"

2015 年 9 月

秦德宣、王志萍贤伉俪，予好友也。近日在连鳌山麓筑一乡间别院，小巧别致，古色古香，竹篱幽趣，老杏生姿，令人怀想久违的农耕生活。流连其间，情不能已，漫成一律。

环山抱水一丘廛，筑室连鳌伴昔贤。

碧玉半缸贮古韵，纤藤满架听春娟。

开轩放入千重绿，捉笔酣成八尺笺。

最爱婆娑姿影绝，浓妆四月雨烟天。

注：连鳌，山名，在四川眉山市境内，与东坡故里三苏乡毗邻。山上有东坡手书"连鳌山"三个大字。贮古韵，三连仄。强调将古色古香的农耕文化贮存起来，故刻意不改。

七律·畅游马六甲海滩

2015 年 9 月

海天一色浑无涯，头戴骄阳踏软沙。

箭艇冲波分墨玉，银鸥晾翅带晨霞。

潮来推涌千重雪，岸去翻疑万里槎。

湾港浅潜轻浪吻，怡情何处不为家。

注：岸去句，随着游艇驶向大海深处，海岸线快速后退。

七律·再题"杏缘居"

2016 年 8 月

石径蜿蜒草自春，一泓秋水抱幽深。

远离尘网喧嚣绝，静卧柴门碧意侵。

叠绽琴心催墨韵，丛开野菊逗禽吟。

明年期与杏花约，满眼芬芳洗浊襟。

七、情牵海峡：芳草故园堪走马
竹林烟月最宜诗

兔年春节感怀兼寄吴学镇先生

1997 年 2 月

熏风先发岭南枝，又是一年新正时。
玉兔生辉明两岸，老梅绽蕊暖清池。
芳草故园堪走马，竹林烟月最宜诗。
不须待到重阳节，把酒东篱慰别离。

注：吴学镇，四川丹棱人，少年投笔从戎，抗击倭寇，后随国民党去台湾，以中校军衔退役后，考入台北师范大学，从教二十年。数度返乡，与我时有唱和。竹林烟月：丹棱八景之一。

按：此诗颈联与颔联不粘，属"断腰体"，一如李白之《登金陵凤凰台》。

七绝·寄基隆余明金先生

1997 年 2 月

去年君寄贺函来，见字知君体欠佳。
今岁龙蛇飞纸上，何当共饮老峨茶。

注：余明金，四川丹棱人，后去台。我任台联会会长期间，对台联会多有赞助。数度返乡，与我交谊甚厚，时有唱和。

七律·赠台北吴学镇先生

2005 年 2 月

鸟啭花明柳拂塘，龟山老桂泛鹅黄。
身居异域李桃茂，心系寒庐眷恋长。
诗叙别离笺染泪，雁携祝福墨含香。
多情自是安溪月，犹照当年旧舍墙。

注：安溪，即安溪河，发源于总岗山脉，流经丹棱张场、高桥、仁美三镇，汇入洪雅青衣江。吴学镇先生故乡即在安溪河畔。

七律·寄台北友人

2009 年 5 月

杜鹃开罢落红稀，草树含烟鸟倦飞。
白雪有情钟两鬓，青峰无语弄斜晖。
故人音讯三秋隔，台海风云几度违。
独坐清宵思黯黯，半轮初月冷庭帏。

七律·寄台北淑文胞妹

莫拉克台风席卷台湾南部，致数百人罹难，甚至整个村庄被埋。海天遥隔，无以为助，赋此以表心迹。

台风一夜疾如仇，倒海翻江卷院楼。
暴雨汪洋孤寨急，泥流肆虐怨魂愁。
情牵河岳千山泣，运共神州万姓忧。
水阔天遥云岭隔，寸心肝胆誓同舟！

七绝二首·赠台北吴学镇先生

2010 年 5 月

顷接学镇兄大函，邀予台北一聚，并约"倒屐迎机不辞远"，赋此以赠。

万里孤篷一雁飞，秦云蜀岭久相违。

我来应是花如锦，共话西窗待晓晖。

七绝·喜国民党台湾胜选

2012 年 1 月

黑云翻滚欲倾城，绿浪横流触目惊。

终究民心难逆转，蓝天白日待春莺！

八、手足情深：倘使俩心存彼此
何妨独自插茱萸

悼亡友宋华英

1996 年 11 月

寥落深秋宋玉悲，苗稀草盛不逢时。
愁城手砌煎寒骨，红豆心栽种恨思。
一局弈成伤永诀，十年甘苦有谁知？
他日相逢泉下土，烹茶煮酒细论棋。

七绝·赠勇弟

2003 年 10 月

三年不见音书至，南国风涛入梦纡。
倘使俩心存彼此，何妨独自插茱萸。

鸡年春节寄台北淑文胞妹

2005 年 2 月

爆竹连宵暖气生，金鸡唱彻万家春。
蜀岭雪融归大海，中庭月起动乡心。
青鸟有情传素纸，白云无意恋长亭。
山重水阔音书杳，极目平芜草又青。

按：此诗用新韵。

七绝·鸡年春节感怀兼寄勇弟

2005 年 2 月

如酥细雨湿庭园，欲吐春苞尚带寒。

书到鹏城花似锦，宏图挥洒自翩翩。

七律·中秋

2009 年 10 月

中秋之日，与勇弟、玲妹欣聚于成都望江楼之竹林精舍。是夜初无月，小半夜雨住后，月始出。

如丝细雨掩江楼，久别重逢满眼秋。

金桂初开添喜庆，红葡浅漾散轻愁。

三杯畅叙团圆乐，举国同欢盛世讴。

宴罢驱车归去晚，一轮明月正当头。

七律·梦亡友

2010 年 1 月

花落花开二十春，墨痕犹是昔时新。

溪云岫雨和诗韵，秋水残荷慰瘦身。

墓木葱茏三尺拱，琴弦枯涩八分尘。

晨鸡户外高声唤，一句吟成泪满巾。

七律·中秋寄勇弟

2011 年 9 月

一轮寒月上花墀，桂影扶疏映酒卮。
菊带愁容兰泣露，蝉吟高树蛰含悲。
重逢犹忆千杯少，再别空余两地思。
离恨不因清景散，又随秋雁到天涯！

七绝·赠台北淑文、淑琳胞妹

2012 年 9 月

滤尽尘埃真爱在，相拥一任泪潸然。
天公若许偏怜我，共浴婵娟度百年。

九、大雅新声：大雅诗碑辉日月 老峨翠黛甲西川

七律·赠台北祝有光先生

1996 年 10 月

丹山蜀水孕先贤，《为学》名篇四海传。
大雅诗碑辉日月，老峨翠黛甲西川。
感君高谊垂乡史，惭我疏才愧故园。
聊寄端翁华彩笔，更凭青鸟问平安。

注：《为学》，即《为学一首示子侄》，作者为清代眉州丹棱彭端淑。字仪壹，号乐斋。与李调元、张问陶齐名，时人誉称为"巴蜀三才子"。有《白鹤堂文集》存世。

七绝三首

2006 年 1 月

一、九龙幽胜

古刹清钟凝紫云，竹林烟月伴诗魂。
连天翠色如涛涌，洗尽凡心与俗尘。

注：指九龙山省级森林公园，该景区位于丹棱县杨场镇境内，著名的风景名胜竹林寺享誉全川。

二、滨河夕照

滨河一带绕城根，草木葱茏花色明。

人立吊桥留晚照，歌声唱彻万家灯。

注：滨河路一带，歌厅林立，傍晚歌声不绝。

三、笔架远眺

沧浪垂竿堪入画，竹篱疏落听啁啾。

松风拂面凉如水，春色满城一望收。

注：笔架，指笔架山，因山形似笔架而得名，为城区最高点。

随笔二章

2009 年 7 月

一

读罢唐贤口尚香，桃花难染旧时装。

秋霜尽管繁双鬓，柳笛横吹唱晚凉。

二

妆成碧玉胜瑶璇，着意春风锦帐搴。

浊酒三杯吟朗月，何曾眼里有神仙？

七律·与友人游竹林寺

2009 年 7 月

雨过疏林听石泉，枝头但见绿娟娟。

花翻彩蝶秋光淡，鱼戏金牛碧水潺。

古寺清钟音杳杳，禅堂佛味静绵绵。

杜鹃声里归来晚，回首青山笼暮烟。

注：金牛，竹林寺山脚，有小河蜿蜒而过，名曰金牛。

七绝·新农村四时即景四首

2009 年 12 月

一

池塘春水漾初晖，小院花香乳燕飞。

昨日东邻新娶媳，家家扶得醉人归。

二

绿带葱茏熟夏茶，油桃摘罢卖西瓜。

农闲也学城中秀，腰鼓声声唱落花。

三

琉璃碧瓦霁光浮，红桔枝头艳九秋。

十月农家收硕果，融融暖意比春稠。

四

别墅吟云锦缎遮，小车潇洒进农家。

三杯老酒斜阳醉，齐赞和谐盛世夸。

注：锦缎，指彩云。

七律·与友人登龙鹄山

2010 年 2 月

老夫重发少年狂，携手同仁上鹄冈。

斩棘披藤寻旧径，拨云驱雾见新阳。

唐碑汗漫迷今古，书屋沧桑感寂伤。

绝顶苍茫千岭秀，松风如水拂心凉。

注：书屋，即巽崖书屋，为南宋著名史学家李焘读书处。

七绝·村头小饮

2010 年 2 月

绿云垂蔽阅沧桑，曲径疏篱抱瘦塘。

极目田畴金桔灿，酒香十里醉春阳。

注：绿云，指老榕树，据村民讲，该树已两百余岁，可谓阅尽人世沧桑也。金桔，丹棱盛产橙桔，农家为追求效益，往往把果子蓄到第二年春再收摘。故春日郊游，四野一片金色。

七绝·梅岭桃花四章（后三首用辘轳韵）

2010 年 3 月

梅湾湖风景区为丹棱着力打造之风景名胜。今年，县政府在梅湾湖举办盛大的"桃花观赏节"，场面甚为壮观。置身其间，情不能已，遂成一组。

一

王母仙葩和露种，梅湾红杏傍云栽。

东风一夜传春讯，唤醒桃花万树开。

二

梅湾何处不销魂，夹岸缤纷映日暄。
红雨随心裁锦绣，扁舟载酒入桃源。

三

红树青山十里暄，梅湾何处不销魂。
平湖鸭绿摇春韵，飞阁流丹带月痕。

四

香车宝马若云屯，共庆丰年酒一樽。
日暮春风醉桃李，梅湾何处不销魂！

七绝·元宵节郊游

2011 年 2 月

褪尽寒梅杏眼开，遥看嫩绿上榆槐。
轻风拂面心如醉，啼鸟数声诗兴来！

七绝二首·仲春郊行

2011 年 4 月

一

早沐新阳踏露痕，远游何处不销魂。
桃花十里春如染，一路莺歌入水村。

二

夹岸缤纷四野新，溪桥涨腻碧无垠。

春山不肯和人老，又向长天织锦茵。

七律·贺《大雅教苑》问世

2011 年 8 月

昔闻沧浪水琅琅，今喜教坛墨韵香。

健笔生花流锦绣，华章溢彩绽芬芳。

催开桃李千山艳，荡起心帆万里航。

玉篸参天期可待，魂追大雅业煌煌！

七绝·丹棱新八景

2013 年 2 月

一、大雅巍峨

北宋元符年间，丹棱杨素建造史上唯一之大雅堂，内藏黄庭坚手书杜甫两川夔峡诗碑刻三百余通，堪称诗书双绝。明末堂毁于战乱，2012 年重修，再树丰碑。

诗书双绝璧珠联，宋韵唐风竞比妍。

踵武先贤完夙志，魂追大雅铸新篇。

二、老峨雄秀

老峨山，蜀西名山，以雄秀奇险著称。自汉代以来皆为释道圣地。近年来重新打造，为川内旅游名胜。

石径蜿蜒上九穹，千年宝刹有无中。

重峦百叠鸣飞瀑，绝顶苍茫唱朔风。

61

三、梅岭桃花

梅湾湖位于城西十里许，系国家级旅游示范点。群山怀抱中的一泓春水，宛如翡翠明珠。绕湖十里，万亩桃林，阳春三月，繁花似锦，与湖光山色映衬，蔚为壮观。

春风十里百花繁，红雨随心映日暄。

万顷波光流锦绣，弦歌一路入桃源。

四、花涧听涛

九龙山下，金牛河边，珍珠镶嵌，蓝色花涧。山灵、水秀、花妍、草碧。为近年来着力打造之景区。

水如碧玉花如海，满载诗情画里游。

曲涧春深迷望眼，涛声吹送木兰舟。

五、滨河夕照

丹棱河绕城一带，古称沧浪河。"沧浪钓雪"为清代丹棱八景之一。

名花灼灼绿榕稠，满目葱茏景转幽。

落日镕金沧浪碧，莺啼柳岸月如钩。

六、葡园滴翠

丹棱青龙村有千亩葡萄园，为省级示范村。

青龙环抱碧无垠，飞阁流丹一望新。

万顷珠光凝紫玉，甜风沉醉梦氤氲。

七、鹄岭松云

唐碑隽秀认千年，蜀国名山古韵绵。

翠影平湖秋月霁，松涛鹤侣伴仙眠。

八、金峡幽谷

幽谷蜿蜒景转深，瀑帘千尺漱冰琴。

平潭静卧青藤袅，细雨沾衣滤俗心。

七律·赠友人

2016 年 10 月

吾友文元、树明二君，潜心县志有年矣。近来不吝体力，深入乡野，足迹几遍县境，精神可嘉。东坡云"一年好景君须记，正是橙黄橘绿时"。反其意赋以赠之。

余年倾力地方志，踏遍青山兴未遒。

龙鹄残碑磨垢渍，竹林古寺探深幽。

钩沉发缈书三箧，辨伪旁征迹九搜。

不羡橙黄兼橘绿，半枝篱外也成秋。

注：王维"近种篱边菊，秋来未著花"，后世遂以篱边或篱外代菊花。

十、咏物寄怀：弦月朦胧频入梦
情思缱绻合倾杯

七律·自嘲

2008 年 9 月

街头人见叫爷爷，一笑浑然弄发华。
浊酒三杯时对月，诗情百缕独吟花。
不争册上薪酬薄，最喜窗前桂树嘉。
任尔香钩红粉艳，华章夜读伴灯纱。

七律·夏日游成都望江公园感怀

2008 年 7 月

望江楼外草萋萋，修竹森森入锦霓。
芳径菁芜花自落，回廊静谧鸟空啼。
坟湮井废佳人杳，水瘦亭寒吊客稀。
古柏红墙浑不语，波涛千载拍河堤。

注：坟，指唐代女校书薛涛墓。井，指薛涛井。

七律·无题

2009 年 7 月

葡萄自酿浅红浮，独酌何妨对素秋。
小醉但闻妻絮语，午眠尚喜梦清幽。

诗肠百结萦芳草，紫菊千丛映竹楼。
昨有客来棋一局，相邀月底老峨游。

七律·咏竹二首

2009 年 7 月

一

一夕惊雷动昊天，南园新笋窜云鞭。
虚心直上摇春韵，劲节凌空耸翠烟。
玉篸参天堪写史，清姿浴雪可邀仙。
松梅共尔称"三友"，相伴无须奏管弦。

二

傍水依山蔽浅林，绿云清梦结诗心。
枝间翠鸟娇声唤，叶底寒蝉细语吟。
雪后婆娑骄古柏，霜前劲瘦伴瑶琴。
七贤去后还余几？空对幽篁误妙音。

七绝·秋雨即兴二首

2009 年 8 月

一

飘然秋岭醉如痴，片片红枫恋旧枝。
几缕离魂几缕恨，三分明月七分诗。

二

清宵冷雨湿庭芜，吟罢秋风影寂躇。
阶下落花红满径，澹云归雁两行书。

七律·教师节抒怀

2009 年 9 月

半生零落绝奢华，师道存心校即家。
六尺杏坛游万仞，三千桃李遍天涯。
穷居闹市甘蔬藿，乐在书斋咏落霞。
两鬓无青终不悔，白云舒卷夕阳斜。

注：万仞：陆机《文赋》，"精骛八极，心游万仞"。蔬藿：元稹《遣悲怀》："野蔬充膳甘长藿"。落霞：王勃《滕王阁序》："落霞与孤鹜齐飞，秋水共长天一色。"无青：陆游《夜泊水村》："一身报国有万死，双鬓向人无再青。"

七绝·题北京四合院四首

2009 年 10 月

一

胡同狭矮巷幽深，佳木名花对月吟。
瓦脊灰檐流古韵，雕窗画栋走飞禽。

二

门铃斑驳诉沧桑，老干新枝出粉墙。
别院回廊通曲径，荷池浅黛浴鸳鸯。

三

坐北朝南气势煌，东西陪衬两厢房。
中堂虎踞龙镶座，庭院氤氲四季香。

四

雕梁古朴忆当年，老院藤萝绿意娟。
深宅数重天井秀，楼门一统自悠然。

七绝·题香山红叶四首
2009 年 11 月

一

松云柏霭耸秋枝，雪笼香山暮色迟。
寂寂峰峦浑欲睡，琼花万点漫裁诗。

二

老干丹心岁晏时，芳魂缱绻恋枝迟。
微霜染得秋山醉，一树红枫一树诗。

三

雪舞丹枫约有期，满坡红叶夕阳迟。
佳人惜取香囊贮，长伴梅心好咏诗。

四

雪映残霞日暮时，千年过客我来迟。
杜郎今夜如相访，霜叶清风共赋诗。

七律·咏雪二章

2009 年 11 月

一

昆仑一夜龙鳞舞，浩浩长河冻不流。

万壑堆银齐望眼，千峰笼玉别金秋。

雾凇满缀梨花艳，衰草平铺白絮柔。

明日东君舒笑脸，枝头又听唱啁啾。

二

银光烂烂暮云垂，四野茫茫冻笛吹。

老干如雕妆瑞玉，寒潭似梦覆琉璃。

闲亭静谧杨花舞，红叶凋零翠竹披。

独有红梅堪傲冷，迎风怒放展英姿。

七绝·咏梅三首

2009 年 11 月

一

斗雪迎霜不负痴，小桥溪畔卧横枝。

东风昨夜传春信，先向阳坡展玉姿。

二

冰痕带血染虬枝，点点疏条绽小诗。

傲骨凌霜甘寂寞，寒心最喜朔风吹。

三

孤山野径少人家，雪浸苍虬未肯花。
辜负西湖林处士，空吟疏影怅天涯。

七绝·无题二首

2009 年 12 月

一

孤亭瘦水对柴门，满目萧疏欲断魂。
独卧书斋堪咏雪，寒鸦一瞥又黄昏。

二

短笺字字诉衷肠，楚雨秦云共寂凉。
心事浩茫连海月，又随黄鹤逐斜阳。

七绝·题楚雪小品《竹》

2010 年 1 月

疏枝劲节向天穹，瘦骨从来傲朔风。
月弄婆娑摇素影，清心一片自葱茏。

注：楚雪，新浪网结识之女画家。

七律·咏梅

2010 年 2 月

每岁冰寒唱朔风，高标耻与百花同。
芳心自是仙魂种，劲节从来铁骨雄。

玉质凋零泥欲醉，佳人缱绻月犹胧。
他年筑室孤山麓，一树馨香一仲翁。

七绝·春夜随吟

2010 年 3 月

漠漠轻寒侵瘦肩，吟成一曲意悠然。
诗笺总恨风华少，辜负人间四月天。

七绝·春日偶成二首

2010 年 3 月

一

樱花窗外一枝斜，倩影随风映碧纱。
墙角喃呢双燕子，不知今夕傍谁家。

二

涓涓好雨净纤尘，屋后枇杷照眼新。
丽日融和青杏小，闲花草上诉氲氤。

七绝·赠友人

2010 年 3 月

墙头秃笔忆龙蛇，举目南畴碧岭遮。
桂影婆娑吟不得，漫随清韵入陶家。

七绝·咏梨花四首

2010 年 3 月

一

清明寒食雨纷纷，谁遣梅花一袭魂？
妩媚枝头千种艳，浅吟香雪近黄昏。

二

溪边玉树倚云开，冷艳霜痕绝胜梅。
门掩黄昏春带雨，佳人缱绻月徘徊。

三

东风一夜唱枝头，万树繁花砌玉楼。
十里家山春似海，漫天飞雪舞芳洲。

四

陌上柔条雪压枝，香魂玉魄绽疏篱。
溶溶月色吟春韵，一树梨花一树诗！

七绝·题张静《菊花》

2010 年 4 月

芳魂秀骨一枝斜，袅袅吟风对落霞。
自在山崖开烂漫，高标不向牡丹夸。

七律·游黄龙溪古镇

2010 年 4 月

碧玉穿街听水潺，筒车缓缓诉当年。
石桥拱曲裁新月，永巷幽深缀古泉。
酒舍枕流榕树老，城楼傍渡白云搴。
主人倚户迎佳客，村酒河鲜不计钱。

注：黄龙溪，为川西第一古镇，在四川双流县境内。永巷，长巷子，李商隐"永巷长年怨绮罗"。枕流，老街一侧，皆枕河而建，极似湘西之吊脚楼。

七律·咏蜀南竹海

2010 年 5 月

劲节巍巍荡岫烟，葱茏直上九天旋。
清风万顷涛声壮，翠嶂千重碧海绵。
仙寓幽深悬瘦瀑，龙吟纤秀舞婵娟。
盘空索道白云绕，饱览山川意兴翩。

注：仙寓，指仙寓洞，为景区景点之一。龙吟，原指龙吟寺，景区景点之一，这里指翠竹摆动之姿态。

七律·再游黄龙溪

2010 年 5 月

龙头飞瀑领溪流，水碾河车伴小舟。
画栋雕窗藏古拙，钱庄当铺滤春秋。
江楼听雨鸥声远，酒肆传鱼玉液稠。

且共斜阳留晚照，川西风物镜中收。

七绝·咏沈园

2010 年 5 月

惊鸿一逝迹难寻，凤泣钗头恨转深。
壁上诗痕犹应在，悲声千载到如今！

七律·夜乘轮船由大连赴烟台

2010 年 5 月

枕卧波涛听海鸥，水天涵浑望无头。
冰轮皎洁星空缈，碧浪翻腾岸际浮。
梦里鼾声知夜静，舱中诗韵带乡愁。
吟成渐觉东方白，照眼红霞破寂幽。

七律·成山头抒怀

2010 年 6 月

成山兀立接扶桑，万里烟波水势茫。
大浪拍天飞碎玉，罡风拂面荡心凉。
巍巍绝壁苍松劲，浩浩长空赤炽张。
御笔碑文陈迹在，秦皇庙里正烧香。

注：成山头，在山东荣成县，东临黄海，位处中国最东端，为国家 4A 级风景名胜。御笔，成山头东麓山崖上，有康熙帝手书"天无尽头"四个大字。秦皇庙，成山头有秦始皇庙，据史料载，始皇东巡，曾在此看日出。

七绝·蓬莱阁抒怀

2010 年 6 月

高阁凌云耸翠烟，仙风海魄诉当年。
蜃楼杳杳长空净，万顷波涛送远帆。

七律·赠友人

2010 年 9 月

最爱孤山一段芳，轻寒如梦锁横塘。
高标只肯吟冰雪，瘦骨由来著淡妆。
月上梢头花弄影，韵分秋色墨流香。
西湖昨夜归航晚，蔫蔫馨风慰寂凉。

七绝·冬日随吟四章

2010 年 12 月

一

清茶两盏齿留香，吟罢梅花兴正长。
昨夜疏桐听冷雨，今朝雾尽见新阳。

二

篱边晚菊散馨香，亭外疏枝瘦影长。
一卷闲篇开又合，竹楼东畔上初阳。

三

徽宣八尺墨生香，壁上诗痕雅韵长。
秋月春花了无迹，颜筋柳骨自刚阳。

四

清宵晏起枕犹香，独酌何须怨昼长。
六十年来如一梦，寒冬过尽又春阳。

七律·咏梅

2011 年 1 月

昂首霜天似有思，香痕点点绽寒池。
高标澹泊骚人格，疏影横斜处士词。
玉魄清心摇雅韵，冰魂铁干见嶔奇。
东君一夜传春讯，引领群芳万万枝！

七律·春兰

2011 年 2 月

律动阳回最守时，临窗浅唱弄清姿。
素心澹泊堪吟月，蕙质玲珑好赋诗。
不与寒梅争傲骨，宜同瑶草吐凝脂。
馨香几缕幽幽送，相伴骚人醉若痴。

五律·听雨

2011 年 4 月

午后浓阴重，临轩望雨迟。

初来摇凤尾，欲去恋新枝。

雏燕归飞急，梨花带露垂。

明朝溪水涨，系棹钓清池。

七绝·府南河晚景

2011 年 6 月

呼朋约伴唱啁啾，夹岸浓阴绿意稠。

独立廊桥风送晚，断霞归雁两悠悠。

注：春夏两季，府南河两岸啼鸟不绝。"唱啁啾"即指此。

七律·题宛若清杨《荷花图》

2011 年 7 月

借得瑶池一亩田，铺成锦绣碧连天。

红蕖绰约临风举，翠盖轻盈滴玉圆。

载酒放吟明月夜，闻歌不见木兰船。

移来妙笔清心目，日日馨香伴梦眠。

注：宛若清杨，原名谭获云，女，湖南湘潭人。诗人、画家。

七律·题姑苏云鹤《兰花图》

2011 年 7 月

姑苏云鹤君兰花图册即将付梓，向予索句，辞不获命，故不以陋劣，赋以赠之。

淡墨描来绿韵长，风华绝世弃红妆。

粉唇未启娟娟秀，玉瓣微开袅袅香。

幽谷凭君生异彩，骚人对月举壶觞。

冬梅秋菊宜堪让，独向三春领众芳。

注：姑苏云鹤，著名画家，新浪网友。

七律·咏三角梅

2011 年 7 月

今夏雨水甚足，邻居三角梅格外繁茂，旁逸斜出，姿态横生。唯一枝卓然而上，直逼予之窗台。朝夕相对，愈觉可爱，赋以赠之。

屋后嫣然一树来，临风妙曼傲瑶台。

衣沾清露娇犹醉，蝶恋芳魂影自徊。

弦月朦胧频入梦，情思缱绻合倾杯。

怜卿不向三春发，敢与骄阳斗艳开！

七律·赠三角梅

2011 年 7 月

前日刚发了《咏三角梅》，不意今晨竟有一枚落花飘然飞入书斋。如期来访，岂非花有灵犀！情不能已，依前韵漫成一律以寄。

宛转无声入户来，嫣然尚带浅红腮。
飘零欲去心何忍，缱绻难分影独徊。
几案凭君添秀色，琴书留韵慰枯怀。
欣将佳丽裁诗底，企待明春拥梦开！

七绝·题白牡丹

2011 年 7 月

袅袅轻风拂羽衣，冰心玉魄世间稀。
依依欲别三春去，犹自翩然作雪飞。

七律·咏荷

2011 年 9 月

谁遣凌波一袭魂？迎风妙曼向帘门。
湘娥月下吟秋色，神女池边忆梦痕。
玉质堪为冰雪种，芳怀须付锦笺存。
冷香裁作诗三瓣，寄与衡阳伴晓昏。

注：冷香句，姜白石《念奴娇》："嫣然摇动，冷香飞上诗句。"本句化用其意。

七绝·小王悦之死

2011 年 10 月

冷如铁石贱如尘，荣辱无凭钱势亲。
正义良知通喂狗，何须苛责路边人。

七绝·题白玉兰

2011 年 10 月

亭亭玉立绝无瑕，月魄冰魂孕此花。
应是瑶台阶下种，随风一夜到天涯。

七律·山茶

2012 年 1 月

枝如绿翡不沾尘，独抱琴心品自真。
妩媚尤堪邀彩蝶，端庄直欲领芳春。
羞同劲节争风骨，宜与寒梅作近邻。
恰是杨妃新出浴，仙姿醉倒赏花人。

七律·盆梅

2012 年 1 月

盘曲嶙峋老瘦根，移将怪石伴新盆。
经冬且喜花千朵，对月偏宜酒一樽。
淡淡馨香招雅客，依依魂梦忆江村。
春来零落归泥土，阶上空余旧泪痕。

七绝·题《白鹰图》五首

2012 年 2 月

一、笑傲江湖

迅如疾电雪如身，壮志凌霄接汉宸。
昂首长空唯寄傲，巡天阅海自升沉。

二、谁主沉浮

志在沧溟不可禁，英风万里任长吟。
分明喋血蓬山外，又落苍崖一片阴。

三、大任在肩

振翮垂云薄昊天，金睛利隼剑高悬。
寒光直下惊狐兔，扫净乾坤赖铁肩。

四、深情回首

雪域归来不染尘，苍松兀立志嶙峋。
枝头跃跃雄风在，回首江湖忆旧臣。

五、展望未来

海国昆仑岂计程，抟云击雾挟雷鸣。
长天浩荡凭君领，斩尽凶顽普世宁！

七律·牡丹

2012 年 2 月

名姝灼灼小园中，自在枝头唱晓风。
玉魄最宜佳丽约，仙心犹系大明宫。
丛丛艳惹黄莺醉，郁郁香薰冷气融。
四月洛城春骀荡，不须檀板奏飞红。

七绝·题郑思肖《墨兰图》

2012 年 2 月

本性依然恋旧乡，凭将妙笔伴经房。
风摇瘦魄纤纤细，泪湿枯魂黯黯伤。
故国情思难尽述，诗家寓意费平章。
无根无土神犹在，墨韵千秋品自香。

注：郑思肖，宋末元初诗人、画家，原名不详，宋亡后改名思肖，因"肖"字是宋赵的组成部分。号所南。元代以郑所南画兰最为著名，他画兰花，从不画土画根，就像飘浮在空中一样，人询之，则曰："地为番人夺去，汝不知耶？"

七绝·题爬山虎

2012 年 11 月

无心刻意傲霜风，摇曳残垣醉暖红。
纵使飘零终作土，来春更见绿葱葱。

七律·梦梅

2013 年 9 月

寒冰冻露孕奇姿，领略春风第一枝。

倩影最宜林下客，动人惟在欲开时。

溪桥隐隐馨香远，魂梦依依朗月知。

昨夜悄然捎问候，相邀雪后好吟诗。

五绝·题夏叶屋顶花园杜鹃

2015 年 5 月

寂寂墙头立，悠然绽小红。

莫嫌花影瘦，犹自唱春风。

注：夏叶，女，原名夏菊如。四川丹棱人，四川省作家协会
会员。

十一、针砭药石：奶牛有恨啼寒月 黑水无声扼秀芽

七绝·无题

2007 年 4 月

大田龟裂陂塘干，翘首农夫望欲穿。
昨夜象山流碧玉，涓涓汇入乐游园。

七绝·漫成二首

2008 年 12 月

一

纪委严文雪片飞，三申五令见危词。
欣然笑纳两千万，忍辱经年换"就医"。

二

"丹顿江诗"腕上悬，轻烟袅袅盒逾千。
天公昨夜飞残雪，未解深山忧岁寒。

注："丹顿江诗"，即进口名表"江诗丹顿"，为协平仄而
倒装。

按：第一首用新韵。

七绝·无题

2010 年 12 月

据近日报载，湖南省浏阳市前广电局长周九根一天花费公款9179 元（除吃喝外，还包括"足疗""水疗"），故网上流传《极品享受》，称"拿沙特的工资，戴瑞士的手表；开德国的轿车，坐美国的飞机；喝法国红酒，抽古巴雪茄；穿意大利皮鞋，买俄罗斯别墅；洗土耳其桑拿，当中国官员……"阅之情不能已，遂成一绝。

才罢"足疗"换"水疗"，桑拿浴后日头高。

祖坟幸有弯弯木，一片浓阴蔽尔曹。

七绝·无题二首

2011 年 2 月

一

小车如鲫任翩骈，一食何妨掷万钱。

不见山中留守老，寒风瑟瑟正衣单。

二

楼市弥来直线攀，乘风几欲揽婵娟。

登临若遇三山客，筑室瀛洲可费钱？

注：三山，指海上仙山。

七律·有感于许迈永一审判死刑

2011 年 5 月

官场又见许"三多"，反腐年年奈汝何？
累亿方称大手笔，逾千笑指小儿科。
忍看禁令成空纸，醉恋花丛拥玉娥。
鸳梦几时犹未醒，谁知一旦赴阎罗！

注：许迈永，网上人称许"三多"，即钱多、房多、女人多。

七绝·癸巳无题之一

2013 年 8 月

一派新村傍水环，小车如鲫各翩翩。
纵横千里稼禾杳，农舍于今不种田。

七绝·癸巳无题之二

2013 年 10 月

匆匆闹剧看收场，狐兔纷纷走落荒。
佳节两重今又是，万家灯火正辉煌！

十二、华夏英姿：光耀亚洲谁得似
网坛今看美婵娟

七绝·赞刘子歌

2009 年 11 月

　　刘子歌，我国优秀游泳运动员，北京奥运会因打破沉寂已久的女子 200 米蝶泳世界纪录并勇夺金牌而一举成名。在刚刚结束的十一届全运会上。她再次以 2 分 01 秒 81 的优异成绩将女子 200 米蝶泳世界纪录远远抛在身后，成为本届全运会上获得荣誉奖章的唯一运动员。平日的刘子歌静如处子，恬淡如菊；而一旦跃入泳池，则心无旁骛而进入忘我境界。正所谓，唯其"无为"故"无所不为"；唯其不争，故天下"莫能与之争"。看好刘子歌！

　　劈波斩浪气如虹，纪录翻新我独雄。

　　玉剑藏锋纤不染，霎然出鞘听英风！

七绝·贺李娜法网封后二首

2011 年 6 月

一

　　淋漓酣畅气如虹，立马横刀盖世功。

　　斩尽精英登绝顶，回眸一笑傲苍穹！

二

英风豪气贯长虹，拔寨摧城第一功。

昂首罗兰标史册，扬威四海看弯弓！

罗兰：指法网比赛场地罗兰加洛斯。

七绝·伦敦奥运人物系列

2012 年 8 月

一、伦敦奥运群英谱之一——雷声

寒光熠熠影无踪，斩尽欧罗放眼空。

绝顶苍茫惟一剑，雷霆万丈奏东风！

二、伦敦奥运群英谱之二——叶诗文

笑容稚嫩气如虹，斩浪掀波我独雄。

纪录翻新双奏凯，碧池惊艳泳花红。

注：双奏凯，指叶诗文泳池两夺金牌，并打破世界纪录。

三、跳水新后——吴敏霞

轻盈走板韵生春，吻水蜻蜓漾碧粼。

绝胜芙蓉新出浴，柔情一笑动英伦。

四、泳军领袖——孙扬

鲲鹏击水势汪洋，长臂翻飞雪浪狂。

触壁一呼江海啸，男儿今日看孙扬！

五、羽坛王者——林丹

千军横扫等闲看，绝顶风光不胜寒。
揽尽皇冠惟一笑，羽坛霸业属林丹。

六、多金王——邹凯

腾空飘逸四周团，猿臂轻舒接马鞍。
杠上飞行惊燕雀，从容昂首摘王冠。

七绝·贺李娜澳网摘桂二首

2013 年 1 月

一

触底方能借劲弹，劈拉吊压剑光寒。
中华一姐英姿飒，绝顶风光拭目看！

二

两经挫折志弥坚，荡气回肠七战旋。
光耀亚洲谁得似？网坛今看美婵娟！

十三、芙蓉清水：初阳朗照风姿绝 慵懒横塘对月眠

七绝·初夏游成都浣花溪公园

2005 年 5 月

银杏苍苍护碧塘，风吹莲动送荷香。
黄鹂最解游人意，好语声声趁晚凉。

春夜喜雨

2008 年 3 月

一夕轻雷动紫薇，春声点点滴心扉。
明朝细数庭中秀，芍药多情月季肥

七绝·仲春望江公园即景

2009 年 4 月

一

深篁似海掩红楼，曲径疏篱绿意流。
花压新枝娇欲醉，鹤鸣高树景弥幽。

二

别馆幽深草自春，雕栏水榭净无尘。
海棠一树胭脂色，翠鸟飞来不避人。

七绝·仲春郊行
2009 年 4 月

友人三五步城东，溪上桃花粉透红。
扑面浓阴春欲滴，声声鸟语绿丛中。

七绝四首
2009 年 8 月

一、寒梅

佳人岭上弄清姿，蕊冷香寒岁末时。
凋尽百花君始笑，冰魂唯有雪霜知。

二、荷花

脱尽淤泥露未干，亭亭玉立似瑶仙。
初阳朗照风姿绝，慵懒横塘对月眠。

三、春桃

武陵流水奏琵琶，涧上疏枝倒影斜。
三月熏风催蓓醒，嫩红深浅满天霞。

四、杏花

水暖阳回小著花，依溪自放傍人家。
胭脂半抹娇羞浅，卓立东风映落霞。

七绝·无题
2010 年 12 月

凌波一夕约横塘，踏碎琼花夜未央。
朗月轻吟人不寐，绮窗犹带雪痕香。

十四、闲云野鹤：常邀太白花间酌
偶学渊明邑外耕

七律·无题

2007 年 5 月

退休转眼经三载，门户于今罕客踪。
苍狗白云追往昔，黄昏疏雨滴梧桐。
新栽茉莉盆中秀，老习欧颜纸上锋。
几日偷闲岭上度，湖山初识白头翁。

七律·秋日游老君山抒怀

2008 年 11 月

翠盖亭亭硕果圆，南山雨后碧如烟。
清泉汩汩吟秋赋，野菊娟娟听暮蝉。
枫叶招摇前岭树，好云舒卷夕阳天。
红楼粉壁参差见，戴月归来意态翩。

秋兴一组

2009 年 11 月

一、秋 梦

渭北江南乘兴遊，兰舟载酒泛波柔。
举杯欲对姮娥饮，户外寒蝉唱未休。

二、秋　思

瘦水寒山伴寂寥，霜禽啼怨叶藏娇。
佳人伫立秋江冷，惆怅红枫看欲凋。

三、秋韵

南园瘦竹傲寒秋，袅袅随风弄细柔。
水畔残荷凋欲尽，东篱雏菊尚含羞。

七绝·题友人《采菊图》
2009 年 12 月

不学诗仙学醉仙，举杯兀自约婵娟。
剡溪昨夜扁舟访，饮罢归来雪满山。

七律·赠友人
2009 年 12 月

素淡疏梅瘦影斜，故园新雨浴清嘉。
春风桃李开怀抱，野鹤闲云傍落霞。
知命不忧秋染鬓，举杯时对月吟花。
琴书浸润芬芳远，举目南畴碧岭奢。

七律·与友人游南苑
2010 年 6 月

南溪雨后泛新沙，弱柳扶风夕照斜。
小径蜿蜒连远树，黄鹂清脆唱幽花。

郭山静谧炊烟袅，瘦鹤悠闲倩影遐。
信步归来思欲饮，杏帘招唤卖凉茶。

七律·弈趣——赠闫奎平先生

2010 年 7 月

纹枰隔座顿生烟，方寸之间别有天。
栈道明修藏妙手，陈仓暗度见机玄。
神游弈海浑忘我，心系蓬瀛若遇仙。
云石闲敲多雅韵，忘忧半日气悠然。

七律·游酉园

2010 年 7 月

雨净涓尘四野明，晨风约我西园行。
幽花隐隐溪桥瘦，白鹭悠悠碧岭横。
瓜果时鲜消暑意，胡琴玉笛助新声。
吟成且莫敲平仄，把盏重将浊酒倾。

七律·咏怀

2010 年 10 月

无官自是一身轻，野鹤闲云傍晚晴。
三径菊兰招雅客，五湖烟雨听春莺。
常邀太白花间酌，偶学渊明邑外耕。
历尽严霜梅格在，百年终究见河清。

七绝·闲吟四首

2011 年 2 月

一、观云

出岫悠然力不持，轻舒曼卷自由之。
无心织得霞千里，惹动山僧望若痴。

二、品茶

人生况味似萍浮，浪迹江湖风雨楼。
晚傍青山尘世远，龙芽煮月任轻舟。

三、望海

扶桑日出荡罡风，万里黄河水向东。
月魄天心来眼底，又随仙客上瀛蓬。

四、闻笛

水奏离声月恋楼，谁家玉管诉轻愁？
阳关一曲归鸿缈，四野萧然叶落秋。

七律·偶题

2011 年 10 月

淡云推出一轮秋，赏菊归来兴尚稠。
对影轻吟思隐逸，凭栏漫笔醉风流。
和谐共唱春光好，盛世难消杞国忧。
寄意渔人捎问讯，桃源何日更重游！

五律·午后南园独酌

2013 年 6 月

　　约午后在南园对弈，友人因事未至。园内石榴大放，不忍便去，乃独酌于竹树之下。雨过天清，碧水蓝天，悠悠白鹭，牵出诗兴，遂成一律。

南山新雨后，春水日潺潺。
翠色明烟树，苍岩奏瀑泉。
心随云鹤杳，杯漾石榴妍。
直共斜阳醉，何须问酒钱。

七律·答友人

2013 年 6 月

竹瘦梅疏小径蜓，安居闹市意通禅。
春秋但种蓝田玉，旦暮惟耕翰墨田。
有守有为存浩气，无营无欲赛瑶仙。
南山好友时相召，共酌斜晖不问年。

七绝·南园对弈

2013 年 7 月

闲拈云石向纹坪，黑白铿锵韵自清。
世事纷纭棋一局，桑田沧海听潮声。

五律·闲情偶寄二首

2015 年 11 月

（一）

结庐华润路，楼纳锦江风。

地僻尘嚣远，境清花木葱。

参差金菊灿，高下石榴红。

最爱湖东美，凭栏一望空。

（二）

种得瑶池碧，秋来发几丛。

菜畦三垄足，蔬甲两茬丰。

锦瑟弦难续，蓝田玉不穷。

徐娘风韵在，共沐夕阳红。

七律·遣怀

2016 年 11 月

十载修成散澹身，不忧柴米不忧贫。

斜阳最喜红枫趣，矮纸偏宜墨韵神。

醉里陶苏曾作客，梦中梅雪幸为邻。

漫裁锦绣藏诗底，秋月春山两卷存。

十五、秋月吟蝉：夹岸蒹葭眠白鹭 寒星万点冷琼瑶

秋景系列

2009 年 9 月

一、秋声

寒蛩昨夜发新声，满苑秋风舞落英。
水榭石栏藤影袅，独眠清梦对花卿。

二、秋魂

雨过荷塘叶带痕，分明清韵拥诗魂，
谁怜玉洁冰肌骨，袅袅如风入苑门。

三、秋蝉

一树梧桐一树诗，寒蝉泣露月明时。
忧心夜夜和清笛，但恐飘零抱劲枝。

四、秋雨

萧萧疏雨夜迢迢，十里沙堤涨小桥。
夹岸蒹葭眠白鹭，寒星万点冷琼瑶。

五、秋山

南山雨后碧如烟，水漫清溪奏管弦。
红叶斜阳浑欲醉，相邀朗月舞婵娟。

六、秋荷

红蕖浴水静生香，翠盖清圆溢细凉。
玉茎随风姿绰约，蜻蜓欲上戏鸳鸯。

七、秋菊

清霜孕出数枝斜，瘦劲参差淡著花。
一自渊明题咏后，秋魂和月遍天涯。

七绝·秋吟

2009 年 10 月

金风瑟瑟雁难留，岭上红枫唱晚秋。
菡萏凋零伤冷寂，寒潭逼出一林幽。

七律·探秋

2010 年 7 月

莺声婉转上枝头，雨后斜阳送远悠。
翠黛横屏云树缈，兰舟吻水碧荷流。
双双旅雁归芦荻，缕缕金声吐玉喉。
极目乡关何处是？一轮明月满江秋。

七律·吟秋

2010 年 9 月

葡萄剔透紫云垂，谁情佳人弄玉姿？
风送菱荷吟绿韵，日移花影上丹墀。

平林澹远秋山醉，<u>丛菊</u>参差粉蝶知。
还与韶光相续约，明朝携瓮访陂池。
注：佳人，指葡萄架下的几盆兰花。

七律·醉秋

2010 年 10 月

一帘疏雨换新凉，水自潺湲菊自黄。
万里云天听旅雁，半池菡萏浴鸳鸯。
佳兰饮露花枝软，金桂吟风秋韵长。
且共婵娟频举盏，鱼肥蟹美近重阳。

七律·访秋

2010 年 10 月

黄鹂枝上唱啁啾，引逗诗情乘兴游。
处处郊原金桔灿，家家墙院石榴羞。
棠梨沉醉香千里，山柿妖娆闹九秋。
犬吠鸡鸣农舍乐，丰年共庆五粮稠。

七律·送秋

2010 年 10 月

翠盖凋零塞草黄，金风又送满庭芳。
寒波澹澹秋无际，石径幽幽菊有霜。
几点归鸦喧老树，一轮素月照横塘。
重寻旧迹苍苔冷，空对潇湘泪两行。

七律·听秋

2010 年 10 月

潇潇暮雨壮溪流，牧笛横吹送晚秋。

旅雁惊寒声缈缈，霜枫染醉去悠悠。

残荷叶上呈清脆，凤尾梢头弄细柔。

明月悄然来伴我，虫吟窗畔解轻愁。

注：残荷，化用李商隐"留得枯荷听雨声"诗意。

七律·悲秋

2010 年 10 月

离歌一阕向天涯，万木萧疏冻笛吹。

宋玉昨宵伤落叶，少陵今夕赋秋辞。

寒蝉泣露悲声切，瘦水横波宿鸟迟。

满目蒹葭送冷寂，一行征雁一行诗。

十六、泼墨写意：菊韵莲风花解语
伊人秋水玉生烟

七绝·题婉若清杨写生作品系列之《水粉》

2009 年 7 月

秋光万里绚郊原，红树差参看欲燃。
三两雁行涂画布，诗情顿觉入云天。

七绝·无题二首

2009 年 9 月

画廊西畔小桥东，浅绽枝头向朔风。
劲节高标凌凛雪，不随桃李逐春红。

二

婷婷袅袅桂楼东，玉笛谁家唱晚风？
今夜斋中描水粉，明朝岭上赋秋红。

七绝·题张静《铁骨红梅》图二首

2009 年 11 月

一

凛然相向老虬枝，铁干铜躯未足奇。
自有诗心如火烈，冲霄怒放独霜知。

二

嶙峋傲兀老苍苔，敢向天穹绽血开。

瘦骨凌霜姿影绝，冰魂醉月暗香来。

注：张静，著名女画家，新浪网友。

七绝·题慧子《鉴湖图》

2009 年 12 月

波光澹澹小舟闲，隐隐人家傍柳烟。

曲径幽深通浩渺，相逢或恐近桃源。

注：慧子，女，新浪诗友。

七绝·题张静新作《葡萄·硕果飘香》

2010 年 1 月

匀圆翡翠玉脂凝，黄雀飞来欲断魂。

摘贮银盘邀月饮，诗心犹自带葡痕。

五绝二首

2010 年 1 月

一、秋意

古渡孤舟系，秋山暮色寒。

江枫凋欲尽，归雁入云天。

二、秋叶

一夜霜风紧，鸦声带晓寒。

离枝飘欲醉，拾取作诗笺。

七绝·为文彬兄奇石图题照四首

2010 年 5 月

一、桃魂满天

千年江底孕奇葩，魂染桃花韵作芽。

为报石翁知遇意，丹心织就满天霞。

二、荷塘月色

浅浅荷池未著花，田田莲叶似披纱。

清辉朗照靴纹细，夜半声声听暮蛙。

注：靴纹细：苏轼《游金山寺》："微风万顷靴纹细。"这里指石上细纹如水波轻漾。

三、月里嫦娥

碧天如水笼青鸾，广袖峨冠倩影姗。

桂树无踪天寂寂，凭君起舞弄清寒。

四、梁祝化蝶

千年悲恨独绵绵，梁祝情深动昊天。

万古痴心磨不灭，精魂化蝶舞翩翩。

注：文彬，胡文彬，中学校长，退休后喜收集奇石。

七绝·题邓克成先生《禅竹》（外一首）

2010 年 6 月

枝自披离叶自寒，淡如秋菊静如禅。
七贤去后还余几？留待山人雪里看。

注：邓克成，著名画家，成都人，自号"竹痴"。

题克成先生《水墨扇面·竹》

劲瘦惟余节，婀娜独有枝。
疏篱筛冷月，清韵曼吟诗。

五绝·题邓克成先生《墨荷图》

2010 年 7 月

玉箭吟香细，新荷泻露圆。
秋风三万顷，对月舞婵娟。

七绝·题克方先生《平湖秋月》

2010 年 9 月 19 日

寒山瘦瘠水云空，隔岸霜枫染醉红。
万顷縠纹平似镜，渔舟唱晚一蓑翁。

注：克方，汪克方，丹棱诗书画社社长。

七律·观丹棱、眉山、青神三县迎春书画联展
2010 年 12 月

名家荟萃墨斋坊，雪映梅花瓣瓣香。
塞北秋山横朔漠，江南春雨秀池塘。
牡丹娇艳幽兰瘦，颜楷丰腴真草狂。
满室氤氲看不够，归来收拾入诗囊。

七律·观王其钧先生成都画展
2011 年 12 月

移来壁上美婵娟，装点蓉城四季妍。
菊韵莲风花解语，伊人秋水玉生烟。
流连梦迹溪桥瘦，缱绻荷塘媚月圆。
满目琳琅收不尽，松云高卧伴先贤。

注：王其钧，中央美院教授。

七绝·题其钧先生《梦里水乡》
2012 年 1 月

断云归雁送斜阳，烟柳江南古韵香。
向晚何人吹短笛，桨声灯影忆故乡。

七绝·题其钧先生《盛世长歌》

顾盼流波意态丰，仙心月魄醉秋红。
丹青妙笔传天籁，盛世长歌不朽功！

七绝·题《浔阳琵琶图》

2012 年 2 月

芦荻萧萧夜色茫，凄弦欲诉晚风凉。

江清月冷人难寐，千载琵琶几断肠！

七绝·题泽仙仁兄水墨画《桂香阁印象》

2014 年 2 月

隐隐溪桥曲水琅，阁亭无语伴斜阳。

神移老桂嵯峨立，沉醉金风十里香。

注：泽仙，即周泽仙，四川丹棱人。著名书画家，四川省书法协会会员。

十七、诗友酬答：谁知厚土终怜我 讵料春风肯作邻

七律·赠绿翡

2009 年 4 月

绿羽翩然下芷苹，兰心蕙质雪为邻。
秀如溪水涓涓细，洁似梨花袅袅春。
漱玉集中流翡翠，钗头凤上读氤氲。
云遮岭树丹山远，敢请珠玑一吐唇？

注：绿翡，新浪诗友。

七绝·和友人《春日》

小园栀子散幽香，桂影扶疏草自芳。
午睡觉来花弄影，缤纷妙语撞诗囊。

读寒月荷影诗感赋

一曲新词又断肠，青衫溅泪写忧伤。
春花看谢红桃小，湘竹空啼劲节长。
秋水横波增冷寂，昏灯老酒助清狂。
衡阳雁去音书杳，粤雨秦云各一乡！

注：寒月荷影，女，新浪诗友。粤两秦云，弟在深圳，妹居台北，唯我独守故庐，各在一乡也。

七绝·赠雨过荷塘

2009 年 8 月

丽句清词照眼来，芳心织就此诗才。

何须怅怨知音少，且共婵娟舞一回。

注：雨过荷塘，女，新浪诗友。

七绝·赠梦随心境

2009 年 8 月

梦里依稀入汉唐，随情纵笔走汪洋。

心云舒卷秦时月，境在天山唱大江。

注：梦随心境，新浪诗友。

七律·和友人《周庄》二首

2009 年 8 月

一

夹岸人家尽枕河，江南胜景水乡多。

青砖驳落藏名宅，瘦竹纤柔绕翠萝。

永巷幽深吟古韵，乌篷摇曳听渔歌。

石桥拱曲苍苔老，朗月清波奈晓何！

二

石栏古拙听清流，瓦屋苍槐小径幽。

桨橹横波催雅兴，雕窗疏影散轻愁。

河灯闪烁浮光彩，粉壁沧桑梦冷悠。

欸乃声中天欲晓，星河斜坠笼西楼。

七绝·赠轻寒翦翦

2009 年 9 月

一枝清韵淡如茶，脱尽奢靡质自嘉。

柳絮因风飞翦翦，不随桃杏逐芳华。

注：轻寒翦翦，女，原名李俊颖，又号"梅影"。河南周口市人，河南省作家协员会会员，诗人。与我时有唱和。

七绝·贺傅永明《倾情集续》付梓

2009 年 12 月

十年甘苦续倾情，一卷编成两鬓星。

海魄长河毫末涌，夜深犹自听潮声。

注：傅永明，新浪诗友。

七绝·赠尹伊

米芽稚嫩自精神，昂首梅枝细细吟。

待到阳春三月雨，新松千尺敢凌云！

七绝·赠婉若清杨

2010 年 1 月

风韵依然两袖香，伊人犹是昔时妆。

秋霜染得莲心瘦，且泛兰舟伴月航。

七律·和友人《白堤》

绿抱花亭水畔西，孤山隐隐碧云低。
廊桥曲折通幽胜，乳燕翻飞带沼泥。
柳浪莺啼催雅兴，平湖雁落听归蹄。
扁舟载酒浓阴系，共醉春风忆白堤。

七绝·读梅影《梅落秋水》有怀二首
2010 年 6 月

一

颖水清波洗俗肠，孤山逸韵浸诗行。
琴心织得梅枝俏，掩卷犹闻指上香。

二

胸襟何必让须眉，雅淡高标凛雪知。
岭上嫣然开烂漫，百年谁见此梅痴。

七律·和一海粟
《遥向风云觅小诗——知青短歌代序》
2010 年 7 月

绮窗独坐夜阑时，读罢临江泪滴诗。
冷雨凄风纤袖弱，孤云旅雁寸心知。
青春有幸终磨剑，白雪无心竟染丝。
回首当年犹历历，又随幽梦到荒陲。

注：一海粟，女，原名余慧生，河北秦皇岛人。大学教授、诗人。

一海粟原玉

蹉跎堪忆少年时，遥向风云觅小诗。
烟树寒村随梦远，愁眉泥袖倩谁知？
春秋垄上思农事，霜雪篱前缩鬓丝。
慷慨临江歌一曲，青山依旧对天陲。

七律·贺一海粟开博四周年
2011 年 1 月

当年坰上度春秋，沐雨餐风岁月稠。
寒夜茫茫嗟露冷，清宵寂寂听江流。
华笺丽彩堪吟雪，锦瑟弦歌足解忧。
四载辛勤花满圃，梅心菊韵共优游。

七律·贺文元君《南山种豆集》付梓
2011 年 2 月

卅载辛勤种豆忙，金秋时节满庭芳。
神游浩缈才思涌，笔走汪洋翰墨香。
采玉集珠镶锦绣，裁云剪月铸华章。
重寻大雅先贤迹，两卷编成热我肠！

注：文元，郭文元，丹棱人，自号"南山种豆翁"。有《南山种豆集》三卷等多部作品问世。

七律·贺如水凡心麟子考入洛阳一高

2011 年 7 月

且向长天放远眸，啼莺初试报亲酬。

历经磨砺方成器，作伴青春好弄舟。

学问每从疑处得，真知须向搏中求。

前途应是花如锦，更待扬鞭万里游！

注：如水凡心，女，原名何萍，河南郑州人。新浪诗友，时有唱和。

七律·贺侪石女儿考入北京林业大学

2011 年 7 月

荧窗十载苦耕田，栽得南山碧玉烟。

九折崎岖终有顶，几番风雨送无眠。

回眸历路心犹热，喜看今宵月正圆。

踏遍长安花满眼，春光十里听啼鹃！

注：郑晓京，号侪石，北京人。诗人，国画家。诗中有画、画中有诗是其艺术特点。

七律·依韵和一海粟知青感事之《耕老春秋》二首

2011 年 8 月

一

当年曾是种田人，凛雨凄清浸瘦身。

寒月不圆心底梦，昏灯每照鬓边尘。

谁知厚土终怜我，讵料春风肯作邻！
自在东篱耕澹泊，山光云鸟最相亲。

二

从来岁月不饶人，转眼衰颜伴瘦身。
冰雪消残惟劲节，繁华散尽剩烟尘。
家徒四壁宜涂墨，室有梅兰幸作邻。
莫笑诗虫甘自缚，唐风宋韵倍堪亲。

友一海粟原玉

渔樵曾惜学农人，鸡犬柴门伴此身。
耕老春秋犁下土，读穷天地陌边尘。
三乡桑柳牵泥袖，半岭青葱做比邻。
一枕残书漫夜里，蛙鸣与我自相亲。

七律·赠四明山人兄长

2011 年 8 月

四明山人，原名王炜，浙大电机系毕业，从事水电事业于西
北与浙江。退休后耕读于故乡四明山麓．仰之慕之，赋此以赠。

壮岁风云敢戍边，玉门秋月照祁连。
心雄河岳思鸿鹄，人在征途忆杜鹃。
老去江湖完夙志，归来琴瑟奏和弦。
锄云耕月家山下，不慕繁华不慕仙！

注：山人《诗词四首》有句："更瓣几枚新玉米，回家蒸与
老妻尝。"感情真挚朴实感人，颈联"琴瑟和弦"即缘于此。

七律·步韵往事如烟兄
《读陆游沈园题壁钗头凤寄感》三首

2011 年 10 月

"城上斜阳画角哀，沈园非复旧池台。伤心桥下春波绿，曾是惊鸿照影来。"此陆游悼念唐琬之诗也。一曲《钗头凤》，千载后读之，更令人唏嘘不已。读如烟兄《寄感》三首，情动于中，不能自己，一气吟来，以寄叹惋矣。

一

重寻旧径迹相随，吟罢钗头不胜悲。
锦阁闲池留永恨，西风瘦柳剪愁眉。
依稀梦锁千年壁，寂寞园荒七尺碑。
桥下清波流万古，惊鸿一逝缈难追！

二

露湿衰丛叶带痕，梅花点点慰诗魂。
东风横拆山盟誓，鸳梦难圆陆氏门。
锦瑟生尘弦泣怨，黄滕凝血泪盈樽。
忍将玉魄眠青冢，空对寒鸦唱晓昏。

三

凄凄孤月照林泉，似诉前生未了缘。
小陌逢春花似锦，宫墙向晚柳如烟。
楼空人去思钗凤，雨冷风狂折紫鹃。
一曲沈园成绝唱，凭栏谁不尽潸然！

注：往事如烟，原名田野，陕西西安人，新浪诗友。
东风，此处指陆母。横，横暴。

往事如烟兄原玉

一

魂融诗壁意相随，不尽情缘徒自悲。

风雨无情摧淡柳，云天有憾枉凝眉。

千秋泪索钗头凤，一瓣冰心醒世碑。

当羡鸳鸯同比翼，蓝桥遗梦悔堪追！

二

玉损香消余泪痕，空将幽梦祭花魂。

惊鸿枉泣黄藤酒，苦雨长流朱雀门。

怀对凤钗羞信物，情盈笺事愧琴樽.

名园千古几多唱，融入山川已暮昏。

三

千年痕泪入清泉，流向天涯还夙缘。

绡透难滋春色柳，楼空已化沈园烟。

凝思不负红酥手，泣血甘如紫杜鹃。

莫对桃花留憾疚，痴心沐梦付凄然。

七律·读《红蓼集》有怀寄海粟吟友

2012 年 5 月

鸡窗泥袖忆当年，恶雨凄霜削瘦肩。

丽笔吟来燕岭雪，锄犁铸就杏花天。

心裁琴瑟飞红袖，情寄临江漱玉泉。

凭海风云生浩气，须眉今日让婵娟。

注：临江，指海粟以临江仙为词牌的一组知青生活词章。

七律·贺大河兄《竞艳》结集付梓

2012 年 10 月

不爱繁华爱自然，留心处处即诗泉。
山花野草有情趣，桃李春风入锦笺。
彩笔浓描兰菊韵，芬芳缀织艳阳天。
大河奔涌才千斛，朵朵奇葩五百篇！

注：大河，新浪诗友。

七律·读侪石先生诗词集有感步其韵奉和之

2012 年 11 月

心香一瓣血凝成，独向幽寒伴雪生。
嫉恶仇奸皆为爱，怜贫扶弱总关情。
阴霾万里秋荷老，翰墨千章泾渭明。
毕竟青山遮不住，百年终见海河清！

注：海河清，即河清海晏，喻盛世也。

侪石先生原玉

雪打梅枝瘦骨成，寒香原自苦中生。
细蕊凌风因有梦，坚冰唤暖更倾情。
无边晦暗如宵久，一片忠贞似月明。
普世长河滔滚滚，谁能不让海天清！

七绝·赠如水凡心君

2013 年 1 月

偶从纤笔见丰华，正义良知品更嘉。
莫道诗人如水月，冰心骏骨铸梅花。

七绝·痛悼国佐老

2014 年 5 月

方国佐，丹棱最后的宿儒。年来突染沉疴，终至不起。前日到医院探视，握着方老枯瘦的手，黯然神伤。知回天无力，但仍期盼奇迹。遽料昨夜竟撒手西去，遂成永别！匆草一绝，以寄哀思。

橡笔淋漓两卷垂，更兼风范足为师。
无言一握天人隔，学有疑难再问谁？

七律·贺书东先生贤伉俪金婚

2014 年 8 月

青春携手结良缘，风雨兼程赖铁肩。
不弃不离心作侣，相亲相伴爱撑船。
苍松傲雪新枝茂，劲节凌霜老蕊寒。
共庆金婚期四世，双馨福寿百年牵。

注：书东，原名祝兴文，河南郑州人，与予为挚友，时有唱和。

七绝·寄北京侪石先生

2014 年 8 月

赤血丹心见脊梁，投枪簇簇试锋芒。
一从小憩封刀后，诗界何人赋国殇！

七律·赠楚江闲鹤兄

2015 年 1 月

读楚江闲鹤兄《冬末无题》，心甚念之。依韵赋以赠之。

闲鹤悠悠白羽寒，从容万里任盘桓。

频拈妙笔心花绚，每忆芳春蝶梦姗。

李茂桃红堪织锦，药香诗韵自成餐。

愁云散尽楚江碧，玉篸参天指日看！

十八、慢板行歌：春红夏紫如烟过
冰心留待共访梅

七古·读诗偶得兼呈吴学镇先生

2005 年秋

吴学镇，四川丹棱人，家父部属（注释见前）。此前曾有长诗寄我，纵谈作诗心得。此诗为酬答也。

华夏文明五千载，文苑代代出英豪。
风雅辞赋竞芬芳，唐诗巍巍独领骚。
天马行空任去来，太白豪气贯九霄。
恍如芙蓉出清水，意酣纵笔五岳倒。
青史千年颂诗圣，少陵终日忧黎元。
沉郁劲健老苍松，律诗到此堪垂范。
金戈铁马动边塞，王孟山水画中看。
标新立异李长吉，神蛇牛鬼任驱遣。
送别从来渭城曲，登临独数幽州台。
元白乐府关民瘼，病在用语太实在。
镂金刻玉徒眩目，无病呻吟等尘埃。
人生阅历即诗歌，好诗自在功夫外。
论诗首推境界说，形象鲜明呼欲出。
意到惜墨当如金，散文入诗意转拙。
平生酷爱古诗词，寂寞幽兰独自开。
庐山积雪黄河水，云锦天光任剪裁。
友人万里不相弃。时赠佳作慰我怀。
春红夏紫如烟过，冰心留待共访梅。

七古·述怀兼寄吴学镇先生

2005 年冬

命使投身门第香，蹒跚学步遭祸殃。
破庙尼庵三迁徙，半年瓜菜半年荒。
风霜摧迫寒彻骨，蚊阵轰鸣伴饥肠。
鹑衣百结不知羞，孤灯夜读映秋光。
雏凤声清师友爱，芙蓉折茎没丛蒿。
相依母子苦耕织，漫漫长夜寂无声。
人言父爱最温馨，众人皆有我独无。
亲朋相见如路人，少年头白心肝摧。
浊浪排空天欲坠，于无声处听春雷。
力挽狂澜伟邓公，浩浩春光浴我心。
年届而立沾雨露，韶华未远奋加鞭。
三年苦圆大学梦，门墙依依桃李馨。
七十一年家书回，首功当推马廷基。
手捧短笺泪阑干，不惑始识父容颜。
雄鸡一啼阴霾散，轻舟万里出三峡。
鸿雁频传骨肉情，同盼三五月团圆。
噩耗飞来疑是梦，人成隔世空留憾。
尽收书信埋箱底，手泽犹新人已矣！
梦魂长系五指山，海天遥隔渺云间。
清明扫墓人如潮，自制纸钱望海烧。
悠悠两地长相忆，凄凄冷月映清霜。
人言台北有我家，烟笼寒水月笼花。
我有迷魂招不得，中夜对月空叹嗟。
卫青不败由天定，才疏何敢怨数奇。

幸有小女初长成，姣娇可爱慰我心。

自是夕阳无限好，何须惆怅近黄昏。

注：破庙句，土改后，先后寓居于城东枫落寺、宋庵子，最后定居于丹棱镇东门村之白水碾。1982 年，马廷基自日本转道还乡，我与父亲始有书信联系。不惑句，父亲孙邦宁，黄埔十四期毕业，1948 年随国民党去台湾，以国民党参谋总部作战部次长退役。1982 年底父亲从台北寄回照片，我始认识父亲容貌。五指山，父亲 1986 年 12 月 12 日病逝于台北，葬于五指山。数奇句，李广，汉武帝时名将，随大将军卫青讨伐匈奴，大小七十余战，屡有斩获，匈奴畏之如虎，呼为"飞将军"。然白首未获封侯，当时人戏称"飞将军数奇（jī）"。

七古·汶川大地震感怀

2008 年 5 月 25 日

天崩地塌一瞬间，无情大难降汶川。

县城顷刻夷平地，万千生命化尘烟。

山摇谷陷石流涌，鬼神泣血愁云惨。

骨肉分离伤满野，通讯阻绝交通断。

江河呜咽诉悲声，废墟残垣触目寒。

余震阵阵逞淫威，灾情紧急箭在弦。

危难赖有胡温在，运筹决策虑万端。

应急机制迅雷动，温公亲赴第一线。

攀援断壁传心声，指挥若定如泰山。

举国一体无旁贷，三军用命疾如电。

万众一心气如虹，军民共谱抗震篇。

灾情火急即军令，日夜兼程奔似箭。

哪里危情哪里上，众志成城砥柱坚。

生死决然抛度外，废墟危楼掘孤残。

誓与死神争分秒，余震坍塌若等闲。

暑热风雨夜继日，无言大爱暖汶川。

死神却步留生机，生命奇迹撼人寰。

感人最数谭千秋，危难关头光华闪。

以身作障蔽学子，烈士英名动北川。

别有女警身娇小，奋战一线昼夜兼。

父母娇儿皆死难，身过家门未及还。

感人事迹难尽述，天地动容雨似潸。

海峡难分骨肉情，爱心奉献竞争先。

情牵四海炎黄心，越洋慰问飞雪片。

踊跃赈灾累亿计，帐篷食品汇如山。

志愿请缨无南北，献血长龙遍乡关。

救助伤员胜亲人，心灵抚慰春风暖。

万人劫后获余生，难民及时得疏散。

紧张有序人心稳，疫情防控措施全。

大灾无情人有情，举国后盾信心添。

誓将悲痛化长虹，昂首重建新家园。

待到来春花开日，重现美好新汶川。

注：谭千秋，德阳市汉旺镇东汽中学一名普通中学教师。地震发生时，他临危不惧，用自己双臂将四名学生遮护在讲台下，以身殉职，四名学生因此得以获救。别有女警，指蒋敏，彭州市公安局政工监督室民警，父母、幼女及直系亲属近十人都在地震中罹难，但她连续六昼夜奋战在救灾第一线，终至昏倒，却始终没有回过家门一步。

七古·退休小照

2006 年秋

晨起漫步绕半城，归来旭日林梢升。

提篮相携逛市场，青菜萝卜满眼春。

挥毫弄墨学涂鸦，蚓行雀跃各具形。

临窗坐看白云起，神交太白并少陵。

边塞激扬田园淡，铁马金戈掷有声。

悠悠南山堪采菊，百读不厌玉谿生。

夕阳相伴踏青山，清风朗月洗俗尘。

疏影数枝趁诗兴，香茶一盏对荧屏。

三山五岳来眼底，秋月春花自赏心。

弈友相招纹枰对，尺幅之间刀枪鸣。

妙手迭出摧劲敌，一着不慎如山崩。

桐花万里飞青凤，陶然忘机败亦欣。

朋辈偶尔互串门，浊酒浇肠漫点评。

兴来酣畅歌一曲，少年意气旁无人。

闲云野鹤任去来，不觉鬓边白发生。

注：蚓行句，古人论书法，有"春蚓蛇行"之说。玉谿生，李商隐字义山，号"玉谿生"，其无题诗浓艳瑰秀，寄意深婉，幽渺朦胧，千古独步。桐花句，李商隐"桐花万里丹山路，雏凤清于老凤声"，此句喻对弈者进入物我两忘的美妙境界。

七古·株洲行

2007 年秋

金风送我入湖湘，云淡天高气清爽。
九叔接站候车久，相见不觉泪盈眶。
茅台三杯洗风尘，窗前桂树花正芳。
把盏殷勤频相劝，亲情浓处胜故乡。
衣食住行关爱至，睡前促膝话沧桑。
一桥宏壮跨湘江，老城古朴新区靓。
风味小吃式样多，清蒸鳙鱼美在汤。
欣逢九叔古稀寿，华天酒店盛宴张。
德艺双馨亲友仰，觥筹交错春风漾。
点名要我做主持，辈浅才疏倍诚惶。
惟将玉液寄深情，恭祝二老福寿康。
妹弟相伴长沙行，一路葱绿好风光。
橘子洲头小驻足，惟见烟波浩茫茫。
博物馆内藏品丰，马王遗址四海扬。
岳麓书院缅先贤，如闻畴昔书声琅。
爱晚亭边叶正红，伟人墨迹悬楹梁。
十日不觉转瞬过，家母催归未敢忘。
阶前合影情依依，桂花再放满庭香。
举家驱车齐相送，秋云黯淡秋草黄。
登车复下重相拥，站台伫立情转伤。
隔窗相望频挥手，汽笛一声动肝肠。
归来整日萦脑际，株洲情结化难开。
人生聚散本难期，蜀岭秦云遮九派。
上辈幸存唯九叔，夕阳美艳映老梅。

相约八十重聚首，金樽共举畅开怀。

注：九叔庭院内植桂树一株，树冠如盖，今秋株洲气温甚高，桂花竟开两茬，殊为奇观。马王，指长沙马王堆汉墓遗址。

七古·忆旧游赠南山种豆翁

2008年11月

八零前后初相识，兰花自在幽幽谷。
貌不惊人甘淡泊，交谈方知语不俗。
子西祠畔书声琅，乐在杏坛不知倦。
笔头挥洒清泉流，《栀子》一篇香四溢。
恨不相逢少小时，志趣相投猩猩惜。
南山脚下有蜗居，周末往往长相聚。
石磨豆花家常鱼，三杯不觉日西坠。
中外名家书累架，志怪传奇颇兼爱。
每有心得笔记勤，灼见真知随处在。
最喜坡翁《江城子》，咏之不觉泪满腮。
畅怀一席清风爽，流水行云无滞碍。
纹枰对坐细论棋，忘忧半日好自在。
论古谈今话家常，悲欣苦乐一吐快。
人生飘忽似转蓬，君迁政界我育才。
俗务累身参商隔，惟有吟章时慰怀。
春花秋月无暇赏，退居二线两鬓白。
追思昔年如昨日，前缘再续时不待。
偶有佳作清心目，如饮醍醐散阴霾。
人生知己不须多，推心一席胸襟开。
两相珍重夕阳美，旧谊长新日日栽。

注：南山种豆翁，予好友郭文元，（见贺文元君《南山种豆

125

集》付梓）。子西祠，北宋大文学家唐庚，字子西，四川丹棱人。故祠在丹棱县唐河乡。

七古·十子行吟图

2010 年 2 月

文社成立一周岁，效工部《酒中八仙歌》以纪其事。

豆翁雅致追陶潜，挥毫泼墨淌清泉。

酒来青眼频呼满，玉山自倒意态闲。

不遗余力甘奉献，汪兄古稀志弥坚。

巧裁盆景寄深情，老骥奋蹄霞满天。

文国英姿奏别弦，长河奔涌口若悬。

声情并茂动四座，一阕《中秋》摘桂冠。

多才多艺数光普，曼抚瑶琴风度翩。

佳联偶出珠玉溅，丝弦婉转若遇仙。

立云厚道不多言，绵里藏针水在渊。

笔力老到梅枝瘦，轻舟载酒入桃源。

荷锄垄亩乐田园，《绿野耕踪》学稼轩。

笑看山花开烂漫，俊忠丽笔绘春山。

郭燕翩翩美少年，驰骋商海天地宽。

慷慨义侠精管理，一篇《奶奶》情感天。

文彬卅载乐教坛，桃李芬芳满蜀山。

退休独恋奇石韵，"嫦娥广袖"月宫寒。

树明潜心研文史，献身县志乐有年，

钩沉补阙甘寂寞，《巽崖艺苑》尽心编。

轩主迂阔白云闲，格律铿锵弄古弦。

卧看东篱开且落，杏花春雨对婵娟。

开坛倏尔整一年，诸君情趣颇投缘。

昂首南山发佳兴，信步芳林赏杜鹃。

吊脚楼头思大雅，竹林禅院仰先贤。

老酒三杯斜阳醉，高歌一曲气悠然。

携手登高天地阔，乘兴吟诗意气酣。

盛世欣逢留佳话，青山不老乐颐年。

七古·甲午吟

甲午年是近代中华民族的隐痛，重逢甲午，感慨良多。此诗从酝酿到成稿历时两月，六易其稿，名曰"甲午吟"，算是对那段历史及过去一年的回顾。

风云甲午势苍黄，北洋一战成国殇。

泱泱华夏渐陆沉，百年空怨李鸿章。

捐躯志士不辞死，铁血丹心铸青史。

白日青天照共和，镰刀斧头揭竿起。

石头城上夜乌啼，沧海桑田两甲子。

重逢甲午国多艰，外患内忧交且炽。

君不见东瀛霍霍正磨刀，拜鬼招魂狂吠日。

南海滔滔恶浪横，暗礁处处藏妖蜮。

别有大国暗推波，眈眈熊象风云谲。

君不见嘉陵红浪欲接天，依稀再现当年势。

太皇余孽几登场，转眼英雄成狗屎。

又闻庆父踞要津，鼻息直可吹虹霓。

倏尔爪牙纷翦灭，京都坐困梦凄凄。

又不见昔时大内何赫赫，唤雨呼云随指颐。

计划何如变化快，黄粱一梦恨已迟。

军中大虎更贪婪，海吸鲸吞触目惊。

黄金百吨屯郿坞，豪宅转瞬嫁他人。

又不闻弦歌圣地物欲横，不爱《红楼》爱快餐。

台上人模台下狗，纷纷禽兽尽衣冠。

廉吏偶因偷窃败，裸官任性拥婵娟。

老妪倒地没人扶，红粉孔方趋若鹜。

腐草燎原四野菁，狡兔从来营三窟。

拆迁撑破村官肚，乌金累折土豪腰。

当年夷甫不言钱，今日钞机不耐烧。

专家奢谈鸡的屁，半入肥囊半入云。

燕舞莺歌梦正酣，几人沉醉几人醒。

沧海横流见本色，狂澜欲倒雄心在。

神兵天降剑高悬，尽扫妖氛驱鬼怪。

丝带重修两翼张，汉唐气象依稀再。

红霞万道烂晴空，百年伟业指日待！

　　注：熊象，指俄罗斯与印度。庆父，春秋时鲁国大臣。《国语》："庆父不死，鲁难未已。"虹霓，李白《答王十二长夜独酌有怀》："君不能狸膏金距学斗鸡，坐令鼻息吹虹霓。"郿坞，东汉时权臣董卓的私宅。不爱《红楼》，2013年网上问卷调查，《红楼梦》被评为"最难卒读"文艺作品之首，悲乎！快餐，指快餐文化。夷甫，西晋大臣王衍，字夷甫。据《世说新语》："王夷甫雅尚玄远，常嫉其妇贪浊，口未言钱字。妇欲试之，令婢以钱绕床不得行。夷甫晨起，见钱阂行，呼婢曰'举却阿堵物！'"钞机，点钞机，有腐败分子喜屯聚现金，罪行败露后，清理赃款烧坏几台点钞机。丝带，指一路一带。

词

菩萨蛮·为青年突击队写照

1977 年 12 月

盘盘曲曲云遮路，连天鼓角鸣深谷。飞雪乱群山，群情劲倍添。　　短鞯蝴蝶舞，胳膊汗如雨。雨露育苞胎，山花烂漫开。

沁园春·百年河清

2009 年 6 月

近日，县城新铺油路，城市面貌为之一新。人们尚沉浸在喜悦之中，而丹棱河的改造工程又紧锣密鼓地铺开，览之情不能已，遂成一阕。

翠掩重楼，柳岸莺啼，十里芬芳。喜新铺油路，纤尘不起；浓荫夹道，兰芷飘香。锦苑飞歌，桂华弄影，唢呐声声奏小康。华灯上，看游人如织，共踏新凉。　　河车来往奔忙，将腐浊淤泥荡涤光。俟河清水秀，沧浪钓月；柔丝拂皱，稳泛花舫。雨净涓埃，风流俊爽，装点小城锦绣妆。逢盛世，与湖光山色，两两徜徉。

注：桂华：即月亮。河清：古人云："百年愿见黄河清"，企盼欣逢盛世矣。

西江月·夜宿柳江

　　新月梧桐初挂，清风十里芬芳。兰舟吻水弄秋光，柳岸鳞波轻漾。　　螺髻妆成远黛，寒星撒缀清江。谁家怨笛诉微凉，留待幽人独赏。

忆江南五阕
2009 年 7 月

一、风

　　微凉送，帘动玉玲珑。　　翠苑花稀青杏小，柳丝轻拂似邀朋。燕尾剪飞红。

二、雨

　　清明雨，曾湿小蛮衣。　　花重叶肥清露滴，横塘水浅弄初晖。堤上绿芳菲。

　　注：小蛮，东坡《青玉案》："青衫犹是，小蛮针线，曾湿西湖雨。"原指东坡爱妾朝云，这里泛指女子。

三、山

　　蜀山情，暮雨伴朝云。　　神女当年曾入梦，襄王旦夕念前盟。江上数峰青。

四、水

　　斜阳外，人立望江楼。　　看罢千帆浑不语，斜晖脉脉水悠悠。极目楚江秋。

五、月

冰轮出，素影朗千山。　　唤起玉人吹玉笛，分明非雾亦非烟。和月弄蝉娟。

蝶恋花·和媚雪儿女士《醉酒》

2009 年 8 月

莫道相逢时日浅，且饮三钟，不觉浑身软。欲去主人诚苦挽，真心换取相交短。　　醉卧花阴芳径处，寂寂长廊，燕子频飞顾。梦里依稀归有路，柳梢新月光初度。

注：蝶恋花本不该换韵，但原玉如此，只得和之。

西江月·经营博客一月兼谢南山种豆翁

2009 年 8 月

网上乾坤最大，博中日月悠长。光标闲击续华章，更喜佳人过访。　　大漠秋风骏马，杏花春雨荷塘。长河海魄势汪洋，留待诗朋共赏。

鹊桥仙·七夕（步秦观原韵）

2009 年 8 月

瑶窗孤寂，层霄阻隔，缈缈银河怎渡？芳心织就锦回文，枉负却，云霞无数。　　多情彩鹊，痴心牛女，此夕重温鸳路。千年一瞬转冰轮，怅凝眉，云朝雨暮！

临江仙·吊脚楼山庄小聚

2009 年 9 月

小苑风柔水曲，残荷缱绻闲池。回廊静谧脚楼危。槛边秋燕剪，岭上白云垂。　　枝上黄莺浅唱，座中仙客吟诗。琵琶弦上诉相思。筒车流古韵，花落夕阳迟。

临江仙·和诗雨幽兰《秋吟》

夜半清风送爽，天明小鸟依窗。红裳犹自递幽香。石榴枝上笑，丛菊漫山黄。　　水榭亭台依旧，兰溪竹影悠长。浅吟秋韵远忧伤。闲花开且落，心静自然凉。

注：诗雨幽兰，女，新浪诗友，原名王依群。祖籍浙江绍兴，现居成都，与我时有唱和。

诗雨幽兰原玉

昨夜秋声入梦，今晨细雨敲窗。风摇丹桂寂生香。步阶寻菊蕊，惜拾落花黄。　　碧水微波清浅，残荷瘦影悠长。牵衣疏柳诉离伤。孤舟无所系，满载一帆凉。

临江仙·贺梅影诗集《梅落秋水》付梓

2010 年 1 月

驿站悠然听雨，花言叶语留香。轻歌短笛送微凉。心湖凭借读，梅影绽铿锵。　　最恋西湖逸韵，心仪陶令孤芳。低吟秋水泛清光。诗才堪咏雪，纤笔铸华章。

临江仙·兰溪偶咏

2010 年 3 月

雪沃梅枝更俏，寒消新景尤妍。冰融千里润春山。涧边花似染，堤畔柳如烟。　　记得去年今日，兰溪共泛轻鸢。重来依旧水潺潺。临风餐秀色，矫首看红鹃。

满庭芳·步韵和婉若清扬
《读崔护〈题都城南庄〉有感》

2010 年 4 月

远黛峰横，溪桥水碧，柳烟轻锁廊阶。桃花寂寂，乳燕自低徊。追想当年旧事，愁肠断，白发如堆。空惆怅，云天遥隔，鸿雁几时来？　　伤怀。从别后，音书罕至，锦字难猜。惟篱边红药，岁岁犹开。人面而今何处？寻芳径，独上高台。斜阳外，残红万点，湘竹泪成灾。

婉若清扬原玉

雾锁青峰，烟横远岫。湿红零乱空阶。竹篱茅舍，飞鸟独徘徊。惆怅斯人去远，纱窗下，蛛网成堆。青杨外，莺声轻唤，疑是玉人来。　　感怀。心似遣，浮生若梦，世事难猜。问临水桃花，知为谁开？景物依稀如旧，空留有，水绕亭台。何时见，清歌丽影，相思已成灾。

临江仙·和一海粟《知青短歌—春耕》二首

2010 年 5 月

一

记得当年春草碧，书声屡伴疏钟。操场健步势如弓。登高思浩荡，极目满江红。　　梦断关河空有泪，神州尽诉悲风。心灰岂敢望霓虹？花开花又落，寂寞小桥东。

二

苦雨凄风霜雪凛，晨昏惯听枯钟。身心疲惫硬拉弓。荒城鸦噪晚，无奈夕阳红。　　独挽狂澜功至伟，忽如一夜春风。千峰竞秀唤霓虹。扬帆思万里，齐唱大江东！

一海粟原玉

恰是农耕忙种日，朝朝吆破晨钟。也拉缰套似拉弓。黄牛应笑我，力弱恼腮红。　　勉拽新犁催布谷，田间袖挽熏风。挥将热汗洗霓虹。春衫何处觅？人在水渠东。

临江仙·忆昔

2010 年 6 月

往事如烟伤寂寂，春秋暗换年华。寒山旅雁伴残霞。闻鸡空起舞，恶雨折心芽。　　壮岁风云江海溢，乘槎欲泛天涯。白头携瓮就蓬麻。彩笺吟朗月，老酒醒新茶。

注：醒，为动用法，指酒醉为新茶所醒。

踏莎行·偶感

2010 年 8 月

夏雨疏花，熏风熟豆。荷塘碧水留衫袖. 遥山隐隐寂无言，轻烟澹澹归林岫。　　梦会东坡，神交五柳。华笺偶把词章构。梅心不解老秋翁，夜阑怕读黄花瘦。

临江仙·中秋

2010 年 9 月

五指峨眉遥望远，云中谁寄华笺？涛声夜夜伴无眠。思亲惟梦里，对月几回圆。　　今夕高楼予独上，举杯欲约婵娟。好风送我入云天。翩翩随浩缈，回首听啼鹃。

注：五指，指台北五指山，先父墓葬于此。

临江仙·咏雪

2010 年 12 月

昨夜瑶池倾玉液，漫天化作琼花。溪桥隐隐望无涯。昆仑惟莽莽，银艳耀红霞。　　枝上雾凇摇逸韵，园林好景堪嘉。疏梅筛月弄芳华。孤山邀处士，冰水煮龙茶。

注：龙茶，指龙井茶。

临江仙·观增云大师舞剑

2010 年 12 月

仙鹤凌云晾翅，灵猿展臂张弓。耆然挥剑吼西风。寒光凝紫电，韵舞七弦桐。　　进退从容有序，神龙飘忽无踪。潮来潮去气如虹。收锋人独立，相映夕阳红。

临江仙·读夏叶《小城的感觉》有寄

2011 年 5 月

梦里小城多故事，蓝田月影朦胧。无声秀雪滴梧桐。春山新雨细，点染杜鹃红。　　彩笔涓涓流雅韵，华笺巧织初衷。心弦款款诉轻风。扬帆思欲举，秋叶亦葱葱。

临江仙·步韵和轻寒翦翦

2011 年 6 月

莫道蜀山难插柳，宽怀可贮昆仑。梅心早已渗诗魂。扁舟吟玉笛，丽影动星辰。　　自认忘年知己晚，清茶幸暖衰身。落花时节不逢君。清宵襟袖冷，独醉武陵春。

轻寒翦翦君原玉

蜀道幽深难栽柳，临江敢问昆仑。高山流水醉梅魂。几回捎梦语，几度摘星辰。　　曾是横斜和靖客，可怜瘦影孤身。西湖朗月叹东君。才将芳草渡，又别画堂春。

临江仙·遣怀

2011 年 7 月

壮岁峥嵘风雨骤，前途水远峰横。孤舟万里听秋声。关河空有泪，一叶缈还轻。　　转眼烟云成昨日，流光渐送伶俜。繁华过尽悟虚名。青山原不老，夕照染归程。

临江仙·遣怀二首

2011 年 7 月

一

偶学渊明耕邑外，归来小闭柴门。闲敲棋子涤心尘。开轩时对月，独酌亦相亲。　　秋菊春兰香满径，庭园更种斯文。高山流水醉天真。披襟吟白雪，矫首望孤云。

二

午睡醒来思寂寂，西风渐卷帘门。一场好雨洗纤尘。余花犹有韵，啼鸟亦相亲。　　卅载辛勤磨巨阙，苍天不负斯文。网缘幸结性情真。绮窗堪剪烛，促膝渡心云。

注：巨阙，古剑名。

满江红·辛亥百年感怀

阴霾重重，黄昏近，寒鸦凄切。家国恨，哪堪回首，鬓丝如雪。烈士英魂终化碧，清廷黯淡随烟灭。缔共和，旭日唱东风，春雷彻。　　昙花现，须臾歇；枪声紧，征战烈。赖农工扶助，遂成勋业。万里晴空山水笑，百年遗憾金瓯缺。趁良辰，举酒向台澎，邀明月。

蝶恋花·秋思

月照南园霜影重，独上层楼，极目孤鸿送。一段秋心千里共，瑶台隐隐闻青凤。　　六十流光真若梦，回首当年，欲说还心痛。壁上琴弦谁与弄？深宵剩把残编诵。

临江仙·雪（步韵宋彩霞）

2012 年 1 月

昨夜悄然来小苑，布衾冷彻如冰。晨光袅袅自多情。霜禽舒细羽，瘦影亦零丁。　　翠竹披离休恋恋，蜡梅枝上堪停。纷纷洒洒漫轩庭。寻芳随曲径，衣上玉痕轻。

　　注：宋彩霞，女，当代诗人，《中国诗词》副主编，笔名晓雨。

宋彩霞原玉

特地银装来入境，此番践约寒冰。光含晓色结高情，玉龙多少爱，怎会任零丁。　　落到人间归不得，红尘道上难停。飞花有意恋新庭，扶摇如可借，从此霭云轻。

八声甘州·贺一海粟开博五周年

2012 年 1 月

正琼花万点舞霜天，银雀闹枝头。喜疏梅弄影，华笺寄语，共诉清柔。五载耕耘不辍，辜负菊兰幽。浩气毫端涌，点染心愁。　　忆昔知青岁月，问临江烟柳，肯伴轻舟？怅相逢太晚，朝夕念同俦！倩春风，捎来问候；怜芳草，极目送云鸥。凭栏处，仰天长啸，沉醉风流。

春从天上来·贺往事如烟兄开博五周年

2012 年 1 月

自在荧屏，且泼墨挥毫，快意人生！五载风烟，不负飘零。芬芳独许娉婷。任心舟万里，随梦境，竹树云亭。纵豪情，越秦关汉月，直上霄青！　　感君谊深意雅，每枉驾相过，寄语温馨。老骥伏槽，忧怀家国，频添鬓上繁星。喜红梅怒放，迎新岁，共唱春声。待相逢，举金樽畅饮，沉醉休醒！

临江仙·早春

2012 年 2 月

极目平芜天黯黯，凭栏独对清寒。芳春一去步珊珊。明朝新雨后，草色待遥看。　　柳絮繁花纷谢后，浮云缈缈随烟。兰心菊韵淡如禅。扁舟凭意趣，朗月共流连。

高山流水·依韵奉和往事如烟兄长《赠听雨轩主》

2012 年 2 月

浮生寂寂几经秋。忆当年，岂忍回眸？一叶听飘零，腥风黑雨惊舟。思量处，欲说还休。黄昏近，收拾残山剩水，梦里沉浮。任花开花落，一醉解千愁。　　悠悠。冰河终解冻，遮不断，湖海情酬。潮起千帆急，壮怀意气方遒。唤东君，共舞筼筜。邀明月，斟酌唐风宋韵，尽得风流。路遥云远，凭青鸟，约君游。

往事如烟兄长原玉《高山流水·赠听雨轩主先生》

此情碧落蜀山秋。几多愁、无奈回眸。风雪任炎凉，天涯浪迹孤舟。凝思里、百结何休？凭栏处、难抑襟怀跌宕，俯仰沉浮。话人生历练，一笑泯恩仇。　　绸缪。雄鸡唱春晓，终不负、正道相酬。揉皱柳丝情，令使热血方遒。识君颜、听我箜篌。举鸿鹄、钦佩青云不坠，自有风流。笃深棠棣，梦千醉，共神游。

临江仙·外孙百日抒怀

2012 年 3 月

久雨初晴天作美，枝头又听啼鹃。弦歌唱彻月儿圆。红霞明稚嫩，日暖玉生烟。　　沐浴春阳花烂漫，棠梨更绽娇妍。新芽卓立临风前。三山须尽览，五岳任盘旋。

玉蝴蝶·中秋寄台北淑文淑琳胞妹

2012 年 9 月

海峡一湾浅水，云遮雾绕，几度阴晴。六纪分离，怎阻骨肉深情？喜清秋，蓉城聚首，接机口，心绪难平。乍相迎，两相拥抱，泪洒如倾。　　归程，乡心似箭，杜鹃声里，芳草青青。祖宅凄凉，空留烟雨锁萦萦。望明朝，举杯互勉，伤往昔，欲诉无声。待来春，同登五指，共祭严亲。

注：五指，见《临江仙·中秋》注。

玉楼春·寄远

2012 年 10 月

黄花减损金秋瘦，独上江楼风满袖。绿杨枝外听鸣蝉，离雁两行迷远岫。　归来寂寂黄昏后，手把梅笺心有候。半轮初月慰窗前，吟罢清光灯若豆。

临江仙·一品香雅聚

2013 年 6 月

骤雨初停天作美，芬芳夹路相迎。佳园一品乐盈盈。琳琅兼色味，玉液映阶英。　陈酿廿年香四溢，三杯犹自频倾。银筝曲曲诉离情。笙歌归院落，余韵绕梁衡。

鹧鸪天·忆梦（用辛弃疾韵）

2016 年 10 月

独卧清宵梦未芽，搜残刮垢剩些些。
尼庵破壁书为伴，荒野平沙竹画鸦。
天已老，日西斜，星星眨眼不还家。
儿时历历思犹昨，岁月催成两鬓花。

赋

弈 赋
2008 年 8 月

弈虽小道，奥妙无穷。源远流长，上下五千年；博大精深，纵横十九道。东方文化之结晶，华夏文明之始祖。乃智慧之体操，属高雅之娱乐。帝尧造棋以教太子，源于传说；弈秋设馆以授棋童，见诸《孟子》。两汉乃兴，史书仅存佳话；魏晋其勃，棋谱始得流传。刮骨疗毒，关云长谈笑风生，从容对弈；[1]淝水报捷，谢安石围棋如故，返室折屐。[2]仙人一局，斧斤烂柯；[3]神头一镇，敌手叹服。[4]鼎盛千年，名家辈出；引领时尚，浸润风流。

洎（jì）乎近代，国祚衰，棋道衰，吴清源忍辱学艺，只身日本；欣逢改革，国运兴，棋运兴，聂卫平擂台一战，名震东瀛。一时之间，围棋热被于全国；十年之久，马晓春[5]独霸棋坛。于是焉，学校、棋苑，对弈者神采飞扬；街道、广场，围观者纷纭众说。

啜茗手谈[6]，纹枰上忽生波澜；黑白碰撞，方寸间顿起硝烟。神游局外，意在子先。谋定而后动，克敌于未然。进退循度，张弛有方；舍小就大，避实趋虚。抢占边角，实地不忧；争先出头，外势无碍。敌强我弱，宜求活以自保；此急彼缓，先安

142

定以待机。或虚镇以张势，或尖渡以求安。或围魏而救赵[7]，或声东以击西。或强己以窥敌，或弃子以争先。或明修栈道，暗度陈仓[8]；或佯攻江夏，实取荆州。低者好边，徐图进取；高者重腹，志在中原。

善胜者不争，善战者不败。铤而走险，大龙[9]难保无虞；左右逢源，根据始得无忧。棋筋涉险，务关联而确保；弱子被困，宁弃之以图他。缓处自补，有图人之意；危棋不顾，露屠龙之心。斩旗拔寨，初学以力胜；不战屈人，高手以智取。妙手一出，柳暗花明；一着不慎，满盘皆崩。

一着一式之优劣，见仁见智；一城一地之争夺，有得有失。然一旦棋局终了，两皆释怀。胜固可喜，败亦欣然；怡然一局，忘忧半日。培养情操，陶冶心灵。脱低俗之泥淖，无涉赌博；扬健康之风尚，有益身心。诚中华之瑰宝，实竞技之奇葩。

棋声铿锵，棋韵悠长；变化万千，包罗万象。黄河奔涌，浩浩汤汤（shāng）；黄山秀绝，缈缈苍苍。静如山岳，动似雷霆；蛟龙潜渊，彩凤高翔。东海扬波，恣肆汪洋；北斗星汉，灿烂辉光。异彩纷呈，精妙绝伦；雅士君子，相得益彰。

希文体部门，大力倡导，壮大基础；盼莘莘学子，潜心弈道，迅出精英。庶几弘扬国粹，以期光大棋坛。

注释：

[1] 据《三国演义》载，关羽与曹仁作战，右臂中毒箭，请华佗为之手术。时关公与马良弈棋，"佗割开皮肉，直至于骨，骨上已青，佗用刀刮骨，悉悉有声，见者皆掩面失色，公饮酒如故，谈笑弈棋，全无痛苦之色"。

[2] 据《资治通鉴》载，淝水之战捷报送达，时谢安（字"安石"）方与客围棋，摄书（捷报）置床上，了无喜色，围棋如故。客问之，答曰："小儿辈遂以破贼。"既罢，过门限，不觉屐

143

齿之折。（过门槛时高兴得把木屐折断了，竟毫无知觉。）

[3] 柯，斧子的柄。传说东晋时王质入山砍樵，见二老石上对弈，质奇而观之，一局弈完，回看斧子，则木柄已朽杯。匆匆返舍，同辈中无一存者。所谓"山中方一日，世上已百年"是也。

[4] 唐宣宗大中年间，日本太子访唐，太子自恃棋艺高超，欲与中国一流棋手挑战，宣宗派著名国手顾师言与之对弈，下到三十三手，顾下出绝招"镇神头"，日本太子顿时手足无措，叹服认输。

[5] 马晓春，围棋天才，20世纪八九十年代，他囊括"名人""棋王"等十多个头衔赛冠军，成为名副其实的"全冠王"。其中"名人"赛创十三连冠之历史，是我国围棋选手夺得世界冠军的第一人。

[6] 围棋亦称"手谈。"

[7] "围魏救赵"，军事术语，这里指围棋的一种战术。

[8] 据《三国演义》，诸葛亮出兵伐魏，大张旗鼓地修复栈道，示敌以进军路线，暗中却出奇兵暗度陈仓，大败魏军。这里指围棋中的一种战术。

[9] 围棋称一大块未安定的棋为"大龙"，下文"屠龙"即指攻杀对方的大龙。

重建大雅堂赋并序
2012 年 9 月

北宋元符，黄山谷贬涪[1]，感诗道之崩坏，风雅之不存，乃尽书杜甫两川夔峡诗，欲嘱一义侠之士，制碑筑室以庇之，以矫枉匡正，存继骚雅。丹棱杨素[2]闻之，慨然请命焉。遂以举家之力，镌之以贞石，荫之以广厦，历经三麦新[3]而堂始成。请之于山谷，欣然名之曰"大雅"。此即大雅堂之成因也，前人之述备焉。

堂既成，一时文士宗之。氤氲浸润，沾溉良多[4]。大小东坡[5]光耀于前，李焘父子续继乎后[6]，有宋一代，吾乡人文之盛，冠绝当时。洎[7]乎明末，堂毁于战乱，碑碣亦荡然无存。三百年来，多少文人雅士，欲登大雅之堂而不可得，追缅前贤，无不痛心疾首，感慨万千！

改革开放以来，政通人和，经济复苏，重修大雅堂屡列议事之题。然好事多磨，终被搁置，县人多有憾焉。

辛卯仲春，本届县委政府，乘文化强国之东风，顺全县人民之意愿，高瞻远瞩，果断决策，不到两年，巍巍大雅堂乃焕然矗立于县邑之南山！千年夙愿，终成现实。堪称大气魄，塑诗书合璧[8]之奇瑰宝典；不愧大手笔，铸华夏文化之丽彩华章，盛矣哉！

哲人已远，来者可期。后之登大雅堂者，知其兴替，必有望楼而兴叹者！是为序。

赋曰：

丹水之湄，南山之巅；巍然有堂，名曰大雅。

依山赋形，直上九霄；馆阁林立，东西相望。

萦迂错落，纵横逶迤；云蒸霞蔚，气象万千。

双星焕彩，彪炳两宋；千古一堂，独步中华。

遂乃穿林阴，践[9]圣地，闻鸾凤兮和鸣，步先贤之旧迹。圣殿巍峨，聚山川之灵秀；栋宇恢宏，感风雅之盛大。重楼望月，闻仙乐之缤纷；飞阁流金，镕西山之落照。碧瓦红墙，映绿阶而溢彩；佳联画壁，耀丹墀以生辉。江舟促膝[10]，见素翁之义举；赤岩飞墨，漾砥柱之雄风[11]。秋桂春兰，邀屈李以醉月；唐风宋韵[12]，慕杜苏而思齐。

仰观则飞檐翘啄，展翅欲举；俯视则清流漱玉，滤俗涤尘。

披襟则惠风畅怀，远瞩则锦茵悦目。别有翰文馆阁，古朴典雅。入室则书香扑鼻，琳琅累架；升堂乃宝典纷呈，珠玉盈厅。宝山既入，岂肯空手而返；雅士云集，定当翰墨留香。

移步换景，生面别开。长廊深邃，穿越千年；碑林雄浑，傲视百代。"无边落木""不尽长江"[13]吞吐宇宙；茅屋秋风，剑门烽火，襟抱天下。沉郁悲壮，一代诗史，忧心动天地；龙章凤篆[14]三分入木，椽笔泣鬼神。珠联璧合，叹为观止；腾蛟起凤[15]，落雁沉鱼。游客如云，醉先贤之流风余韵；骚人驻足，仰诗圣之博大情怀。

登楼远眺，逸兴遄飞。心驰域外，神交古人。秦月汉星，照南安之古道[16]；踪彭逐李[17]，驭万里之长风。沧浪[18]若带，绕古城以呈碧；总岗[19]如屏，障西天而耸翠。龙鹄[20]垂拱，松涛荡耳；老峨[21]雄峙，仙音入梦。桃花[22]竞艳，映丹城之春色；葡园[23]滴玉，酿甜蜜之芬芳。新村棋布，绘富民之远景；唢呐[24]高扬，奏旋律之小康。江山如画，举金樽而畅饮；薰风似沐，欣盛世之躬逢。

小小丹棱县，源远流长，地灵人杰，名家辈出；巍巍大雅堂，雄镇西蜀，名播四海，千古流芳。登楼览胜，赏心以壮怀；继往开来，任重而道远。乘改革之春风，扬帆以奋发；凝万众之心智，开拓而进取。圆梦千载，同登大雅；弦歌盛世，齐乐[25]丹棱。

赞曰：

踵武[26]先贤完夙志，丰碑永铸励后昆。

回首辉煌成过去，引领风流看今朝。

癸巳孟夏再稿于听雨轩

注释：

[1] 元符，北宋哲宗年号（1098—1100），黄山谷，即黄庭坚，北宋江西诗派首领，大书法家，字鲁直，号山谷。涪，涪州，今四川涪陵一带。

[2] 杨素，大雅堂建造者。（按：据黄庭坚《大雅堂记》称杨素翁，而南宋周必大《李文简公神道碑》及历代县志则称杨素，两说皆有依据。笔者倾向于姓杨名素字或号素翁。）

[3] 三麦新，新麦成熟三茬，即三年。

[4] 氤氲，浓烈的香气，喻大雅堂文脉的潜移默化，熏陶影响；沾溉，浇灌、滋养。

[5] 小东坡，指北宋文学家唐庚，丹棱人。

[6] 李焘父子，指南宋史学家，《续资治通鉴长编》作者李焘及其子李壁、李埴，父子三人皆南宋重臣，有"一门三相"之称。

[7] 洎（音"计"），到、及。

[8] 指诗圣杜甫的诗和黄庭坚的字。

[9] 践，踏上，此处含恭敬之意。

[10] 江舟促膝，指大雅堂内大型壁画，描述杨素赴戎州与黄庭坚洽谈修建大雅堂之有关事宜。

[11] 砥柱，指大雅堂内馆藏黄庭坚仿真墨迹《砥柱铭》。"见"通"现"。

[12] 唐风宋韵，唐风，指唐代以杜诗为代表的忧国忧民，以天下为己任的精神与风骨；宋韵，指大雅堂建筑结构中蕴含的宋代韵味与风格。

[13] 无边落木，不尽长江，杜诗扛鼎之作《登高》中的名句。

[14] 龙章凤篆，龙的花纹，凤的文采，语出《云笈七签》，此处是对黄庭坚书法艺术的赞美。

[15] 腾蛟起凤，如蛟龙腾跃，凤凰起舞。王勃《滕王阁序》："腾蛟起凤，孟学士之词宗。"此处形容黄书法之矫健飞扬，姿态生动。

[16] 秦月汉星，互文见义，即秦汉时之明月星光。南安，汉代丹棱属犍为郡，县名南安。此句称颂丹棱历史悠久。

[17] 踪彭逐李，踪，名词用如动词，即追踪；彭，指清代文学家、教育家彭端淑；李，指李焘父子；二者为丹棱文学之代表人物。

[18] 沧浪，丹棱河绕城一段，古称沧浪河，"沧浪钓雪"为丹棱著名的八景之一。

[19] 总岗，指横贯丹棱西部之总岗山脉。

[20] 龙鹄，原名龙鹤山，宋孝宗赐今名。丹棱风景名胜。垂拱，即垂拱而治，龙鹄山四周二十四座山峰皆以龙鹄为中心，若众星捧月，俨然如帝王之垂拱而治。

[21] 老峨，即老峨山，丹棱名胜。

[22] 桃花，丹棱县梅湾湖桃花享誉全川。

[23] 葡园，指丹棱镇群力新村的千亩葡萄园。

[24] 唢呐，丹棱县为省政府命名的"唢呐之乡"。

[25] 齐乐，南齐建武三年（496），在丹棱设齐乐郡，此处寓万民同乐，和谐和美之义。

[26] 踵武，踵，脚后跟，跟着前人脚步走，比喻继承、发扬。

西充二小赋
2016 年 10 月

凤山苍苍，云蒸霞蔚；双江汤汤，源远流长。西充二小，枕流背岗；山川灵秀，独甲一方。人文鼎盛，名家辈出；腾蛟起凤，虎卧龙藏。昔有文坛宗伯，一马三张，泽溉乡梓；今看阳光二小，引领小教，谱写辉煌。

校园占地百亩，环境幽雅，学风浓郁。绿草茵茵，纤尘不染；书声琅琅，弦歌不歇。学子两千，教师逾百。师资雄厚，荟萃省市之精英；少长咸集，尽揽四方之俊彦。学校功能齐全，软硬件堪称一流；设备先进，市县级独领风骚。枝繁叶茂，凤鸟争巢高梧；桃李芬芳，馨香远播川南。

秉持新理念，独塑新品牌。阳光下生活，学会做人；自信中成长，学会做事。和谐于心，美丽于行；心行合一，止于至善。润物无声，春风化雨，静听蓓蕾初绽；树人有范，仁心播爱，陶铸美好心灵。阳光教育，人文情怀；书香园地，快乐课堂。阳光折射五彩，赤橙黄绿纷呈；阳光沐浴身心，德智体美兼修。怀抱感恩，滴水终化涌泉；敛羽自律，翱翔且待明朝。锐意改革，实验与创新齐飞；大胆探索，课堂共蓝天一色。

十年一剑，厚积薄发。今日之二小，前波后浪，勇立潮头；名师新秀，竞创佳绩。成果丰硕，实至而名归；省市嘉奖，纷至而沓来。目前，西充二小不仅是全市实验教学示范校，更荣膺全国新教育实验校之荣誉称号。

放眼未来，霞光万道。三尺幼芽，终成参天巨篝；百年老校，教坛更焕新彩。放飞梦想，昂首拥抱蓝天；扬帆奋发，二小再上征途！

跋

古往今来，凡沉湎于某种爱物者，往往玩物丧志。耽于酒色者，不仅淘坏身体，且未老而先衰；嗜赌嗜毒者，则不仅倾家荡产，甚或搭上卿卿性命。古人有爱钱成癖者，日日腰金百万，而自甘其累。一日渡河而不幸溺水，又不舍腰金，最终可怜竟作伴河伯，了此痴心。后唐庄宗酷爱优伶，宫中蓄养无数，不仅因此丢掉了天下，自己也终为优伶所害。

但世间万物，也不尽然。魏晋之际，政坛血雨腥风，士大夫朝不保夕。阮籍遂终日嗜酒以求避祸。闻听兵马监贮酒甚丰，乃主动申请以为步兵校尉，终日沉湎酒国，赋诗谈玄，口不臧否人物。晋武帝欲与之结亲，他故作佯狂，以致因大醉而跌入茅厕。阮籍最终得以保全，不像他的朋友嵇康、吕安之辈，纷纷倒在了司马氏的屠刀之下。杜预为东晋大将军，总揽荆襄军事，权倾一方，然他却以《左传》为癖，朝夕耽于典籍而鲜与他人往来。遂以此化解皇室猜忌，得以全身而退。此皆因癖而得幸之例也。

笔者自幼受家学影响，嗜诗如命。中年以后，满脑子尽是唐诗宋词，沉湎其间而不能自拔，自成一方天地而乐亦在其中。既迂且腐，一事无成。老妻戏曰："你除了写诗，还会做什么？"自己亦无怨无悔，依然乐此不疲，优游卒岁，不知老之将至矣。

今年届古稀，不知不觉之间，诗词歌赋，竟已累积至七八百首。不忍弃爱，几经斟酌，选出其中五百首，统为一册，以纪四十年之心路历程也。计收赋 3 篇，诗 450 首，词 41 阕。

籍属眉州，叨三苏之余荫，东坡情结，与生俱来，潜滋暗长，仰之而弥高，味之而弥深，故不以粗陋，总其名曰"仰望东坡"也。

笔耕数十载，一路走来，蒙老友郭文元时时切磋，多所鼓励，使我受益匪浅；编辑过程中，好友韩树明从内容的增删，文字、标点到版式的统一方面细加审定；好友夏叶、李俊忠、张文国、陈双全、王力钧等，对拙作多有溢美之词，尤其文国君，总是在不同场合为拙作喝彩，让我深受鼓舞，当此付梓之际，专此一并致谢！

刘小川先生不以我学识浅薄，百忙中挤出时间为我诗集作序，对拙作作了精当的点评，谨在此表示衷心感谢！

丁酉孟夏蜀之鄙孙仲父
跋于听雨轩